天使と嘘〔下〕

登場人物

サイラス・ヘイヴン……………………臨床心理士
イーヴィ・コーマック
　　　（エンジェル・フェイス）……施設で暮らす少女
アダム・ガスリー………………………児童養護施設ラングフォード・ホールの職員
レノア（レニー）・パーヴェル………ノッティンガムシャー警察警部
アラン・エドガー………………………同部長刑事
ティモシー・ヘラー＝スミス…………同警視正
ジョディ・シーアン……………………女子フィギュアスケートのチャンピオン
ドゥーガル・シーアン…………………ジョディの父
マギー・シーアン………………………ジョディの母
フィリックス・シーアン………………ジョディの兄
ブライアン・ウィテカー………………ジョディのおじ。フィギュアスケートのコーチ
フェリシティ・ウィテカー……………ブライアンの妻
エイデン・ウィテカー…………………ブライアンの息子
タズミン・ウィテカー…………………ブライアンの娘
トビー・リース…………………………ジョディのボーイフレンド
クレイグ・ファーリー…………………クイーンズ・メディカル・センターの守衛
テリー・ボーランド……………………イーヴィの過去にかかわる人物

33

シーアン家に向かっているとき、近所の家の玄関から電動カートにまたがった男が出てくる。段々になった腹の肉がベルトの上にかぶさっていて、どこから脚がはじまっているのかわからない。

「あんた、警察の人間か」食いつくように尋ねてくる。

「いや」

わたしは足を止めない。男はこちらの歩く速度に合わせて追ってくる。写真で見たことがある。ケヴィン・ストークス――以前は水泳のインストラクターをしていて、地元のスイミングセンターでふたりの少年に性的虐待を働き、七年間服役した。

「いや、警察だろ。この前の夜、あんたを見かけた。いつになったらあれをきれいにしてくれるんだ」男は自分の家に向かって顎をしゃくる。表の塀いっぱいに「ロリコン」や「ヘンタイ」という赤い文字が描かれている。

わたしは足を止めない。

「おれの人権なんてどうでもいいのか」男が叫ぶ。

「おまえが虐待した少年たちはどうでもいいのか」わたしはつぶやく。

シーアン家のドアをノックすると、警官が顔を出す。女性の巡査だ。

「家の人は？」わたしは尋ねる。

「ミセス・シーアンは教会へ行きました」

「ミスター・シーアンは？」

「朝早くに出かけました」

近所の教会の住所と地図を紙に記してもらう。そのとおりに進むと、通りをふたつ越えた先に教会の尖塔がそびえている。正面の扉は施錠されているので、通用口にまわり、そこから会衆席へはいる。白い梁が十字に交差するアーチ形の天井を、ピンクがかった壁が支えている。祭壇を囲む三方に席が並んでいる。

マギー・シーアンが花を切り、背の高い花瓶に活けている。額が広く、瞳を薄青く輝かせた、穏やかで実直そうな顔立ちだ。性格が内向的なのは、最初に会ったとき、ドゥーガルに従っていた態度を見てわかった。ドゥーガルに先に話をさせ、自分の意見を述べる前には許可を請うような視線を送っていた。後ろで目立たずにいることに慣れているらしく、いともたやすく姿を消し去って壁紙に溶けこむか、痕跡のひとつも残さず蒸発することすらできそうだ。

「お邪魔してすみません、ミセス・シーアン」わたしは咳払いして声をかける。「わたしを覚えていらっしゃいますか」

「ドクター・ヘイヴンですね」

「サイラスと呼んでください」

マギーはまた花を切りはじめる。「たくさんいただいたので、教会に少しでも持ってこようと思いました」説明をはじめる。「みなさん、ほんとうに親切にしてくださいました。わたしは毎週花を活けて……そのほか、パトリック神父がお立ちになる内陣を掃除することにしました」

「さっきフェリシティから話を聞きました。すぐ近くにあの人がいるのは心強いですね」

「わたしにとって、実の妹のようなものです。ブライアンとわたしが双子だと思う人もずいぶんいましたが、ブライアンのほうが二歳下なんです。両親に紹介するために、ブライアンがフェリシティをはじめて家に連れてきたときのことをよく覚えています。〝この人と結婚するつもりだ〟とわたしの耳もとで言ったんですよ。そのとおりになりました」

マギーは別の茎を切りはじめる。

「そのとき、わたしはドゥーガルと婚約していました。いっしょに結婚式をあげたらどうかと相談していたんですが、わたしが妊娠したので急いで式をあげなくてはいけなくなって。驚きましたか」

「いいえ」

「いまはもうあまり気にしないでしょうね。結婚する前のセックスも、お腹の大きい新婦も。フェリシティはわたしの出産にも立ち合ってくれました。ドゥーガルは〝人間の根源〟を見たがらなかったものでね。そう、〝人間の根源〟というのはドゥーガルの台詞です。フリップのときも、わたしが立ち合うと約束したんですが、妊娠するまでかなり時間がかかってしまって」

「フリップ？」

「わたしは彼女をそう呼んでいます。なかなか妊娠できず、フェリシティはおかしくなるところでした——体外受精、そして失望。やがて奇跡が起こりました——エイデンが生まれたんです。エイデンにはお会いになりました？　すてきな男の子でしょう。とてもやさしくて、穏やかで。来年ケンブリッジに進む予定です」

「フェリシティから聞きました」

マギーは微笑む。わたしも笑顔になる。わたしたちの声ががらんとした聖堂に響く。マギーはカーネーションを手にとり、剪定用のはさみでちょうどいい長さに切る。

「子供を持てば死から逃れられると考えていました」マギーはおごそかに話しだす。「わたしたちは閉まりつつあるドアに片足を差し入れて、何かをあとに残すことによって、自分の一部が生き長らえるという希望の光をともすのです」

「でも、あなたは天国を心から信じていらっしゃる」

「ええ、そうです。いまとなっては、より強く信じています。天国に行くのが待ちきれない気持ちもあります——ジョディに会えるのなら」ジョディがこの会話を聞いているかもしれないと思っているかのように、マギーは目を天井へ向ける。「神に怒りをぶつけてもかまわないとパトリック神父はおっしゃいます。怒りというものは、どうすることもできない状況や理解が及ばない事態に対するごく自然な反応だとのことでした。いまでも納得できません。ジョディがこんな目に遭うのはおかしい。わたしが遭うのもおかしいです。歩けなければ這えばいい。這うのも無理なら、仰向きになって天を見あげ、キリストに助けを求めればいいと」

マギーはまた別の茎を切り、花瓶に活ける。

「警察はジョディの学校のロッカーから六千ポンドを見つけました」

わたしはそう言って黙する。意味が理解できないかのように、マギーはこちらに向かってまばたきをする。

わたしはつづける。「そのお金をどこから手に入れたか、思いあたることはありますか」

「わかりません。だって、うちにはそんな現金はありません。毎月のやりくりで精いっぱいですから」

「ほかのだれかからお金を預かっていた可能性はあるでしょうか」

「ほかのだれかって？」

「フィリックスとか」

まるでわたしがばかげたことを口にしたかのように、マギーは大きく息を吐き出す。

「ジョディが何か危険なことに巻きこまれていた可能性は？」

「どんなことでしょうか」

「わたしにはわかりません。だから質問しています」

「だいじょうぶかい、マギー」声がわたしを包みこむように響き渡る。聖具室から神父が現れる。四十代前半で、ウェーブのかかった黒い髪を後ろになでつけ、白い開襟シャツに黒いズボンというでたちで、両方の襟に小さな金の十字架がピン留めされている。

「パトリック神父ですね」わたしは自己紹介する。神父はあたたかい手で握手をし、不安げに眉をひそめる。

「お会いしたことがありますか」

「いえ、タズミン・ウィテカーから聞きました。タズミンは花火の日にあなたがいらっしゃったことを覚えていました。あなたのおかげで、ジョディがトートバッグを取りもどせたと」

マギーは解せない顔をしている。

「ジョディは男の子たちと揉めていました」わたしは説明する。「パトリック神父が彼らを追い払ってくれたんです」

突然その話が持ち出され、神父は当惑顔をしている。

「この教区にどれくらいいらっしゃるんですか」

「八年です」

「ジョディとは親しかったようですね」

「すべての教区民と親しくあろうと心がけています」

答になっていない。

「警察はジョディのロッカーからお金を見つけたそうです」マギーが言う。「六千ポンドを」

「どこからそんなお金を？」神父が尋ねる。

マギーはかぶりを振る。

「ジョディのロッカーで警察が見つけたほかのものについてもお尋ねしたいんですが、ふたりきりでお話しするほうがいいでしょう——外でも」

マギーはまたかぶりを振る。「パトリック神父もごいっしょに」

「ジョディのロッカーにコンドームの箱がありました」

マギーの口が大きく開く。そこからことばが飛び出るのを防ぐかのように、あわてて手で押さえる。

「ジョディはまじめな子でした」マギーは弁解するように言う。

「ええ、もちろん。しかし、亡くなった日にだれかと性行為をした証拠が残っています」

「レイプされたのよ」

「ふつう、レイプ犯はコンドームを使いません」

マギーの声が高くかすれ、涙が目にあふれる。「どうしてそんなことをわたしに？　あなたは……何ざまのつもりなの！」

「ただこの事件を調査して――」

「わたしの娘はレイプされて殺された。そしていま、あなたにも凌辱されている」

「信じてください――そんなつもりはありません」

「どうぞお帰りください」パトリック神父がそう言って、こちらに迫る。体がひとまわり大きく見え、そのにおいがわたしの顔まで届く。シャンプーとひげ剃りローションとマウスウォッシュの入り混じった香りだ。口の端には泡がいくつか浮かんでいる。

神父はマギーの肩を抱き寄せる。マギーは体を預け、その胸に顔をうずめる。

神父はつづける。「先週はずっと、ジョディの身に起こったことで自分を責めてはいけないとマギーに説いてきました。善良な人々が悲惨な目に遭うこともある、と。自分が悪い母親だった、娘を救うこともできたとマギーは考えています。マギーにとっての安らぎは、ここに来てわたしと……そして神と語る時間だけでした」

「申しわけありません。そんなつもりでは――」

「帰ってください」

わたしは石畳の床に靴音を響かせて、中央の通路を入口へ向かう。重い扉を引きあけて振り向くと、パトリック神父とマギーが並んですわっているのが見える。神父は手でマギーの顔を支え、頬に流れる涙をハンカチでぬぐっている。

34

エンジェル・フェイス

「きょうは出かけたのか」サイラスが尋ねる。

あたしはうなずく。サイラスは持ち帰りの中華料理を取り出し、紙の容器とプラスチックのトレイを並べていく。

「どこへ？」

「店」

「何を買ったんだ」

「なんにも」

あたしは指で箸をうまくつかめなくて苦労する。春巻がつけだれのなかに落ちて、テーブルが汚れる。

「フォークを使えばいい」

「いや！」あたしは叫び、サイラスがたやすくやってのけることを自分ができなくて、腹立たしくなる。

「二十二番のバスに乗ったのか」サイラスは尋ねる。

「そんな番号だった」

そのとき、しまったと気づく。二十二番のバスなんて、ないんだ。またあたしが嘘をついたとわかったら、さらに質問攻めにするかお説教をまくし立てるんだろう。だけど、なんの問題もないかのようにふるまってる。

「餃子も食べてごらん」

あたしは容器に顔を近づけて、においを嗅ぐ。「中身は何？」

「ベジタリアン用だ」

「犬じゃないって、なんでわかるの？　中国じゃ犬を食べるんでしょ——あとパンダも」

「パンダは食べないと思う」

餃子を箸で突き刺し、端っこを少しかじってみる。それから、容器に残ってたものを全部ボウルに入れる。

サイラスは自分のグラスにワインを注いでる。

「あたしも飲んでいい？」

「きみはまだ十八歳じゃない」

「本気でまだそんなこと言ってるわけ？」

「裁判所の管理下にあるからな」

あたしは最後のひとつになった春巻をとる。サイラスはあたしのグラスに半分だけワインを注ぐ。ちょっとだけ飲んでみる——おいしいとは思えないけど、そう悟られたくない。

「きょうは何をした？」どうでもいいけど、こっちも尋ねてみる。

「いろんな人の話を聞いた」

「ジョディ・シーアンが殺された事件で？」

「なぜ知っているんだ」

「家じゅうにくだらないものを置きっぱなしにしているからだよ」

「くだらないものって？」

あたしは肩をすくめる。

すぐにサイラスは図書室に置いていったものに思い至る——警察によるクレイグ・ファーリーの取り調べの記録だ。

「あのDVDを見つけたのか」

あたしは口をつぐむ。沈黙がすべてを語る。

「おい、イーヴィ！　あれは機密情報だぞ。公判の資料になるんだ。刑事裁判の証拠なんだぞ」

「だれにも言うわけないじゃん」

「そういう問題じゃない」

「図書室にはいるなって言わなかったよ」

「言わなくてもわかるだろう」

「あたしはわかんない。決まり事はしっかり書いて壁に貼っといてもらわなきゃ。部外者立入禁止。消灯。食事時間。当番。勉強」

ドアに鍵をかけるとか、ぶつぶつ言ってるサイラスを無視して、片方の箸で餃子をもうひとつ突き刺す。

それからしばらく、ふたりでだまって食べる。

「で、あいつがやったの？」あたしは尋ねる。

「きみはどう思う」

ちょっと考えてみる。「そのうちあいつ、パール・ハーバーを爆撃したのも自分だって告白するんじゃないかな」

「なるほど。じゃあ、あの男の言っていることは真実だろうか」

「わかんない」

　サイラスは迷ったような顔で、また口を開く。「思ったんだが、ひょっとしたらきみの……能力で……見抜けないだろうか。どういう仕組みなのかは謎だが——つまり、きみのそれが突然訪れるものなのか、何かによって引き起こされるのかは不明だが」

　あたしは口ごもる。どう話せばいいのかわからない。そもそも話したいのかどうかもわからない。何が見えるかを説明するなんてできない。相手の顔に浮かぶ何かだ——ごまかしの証、ゆらめき、目に見えない光……。

「近くに寄らなきゃだめ」あたしは小声で言う。

「なんだって？」

「嘘を見抜くには——相手の近くに寄らなきゃわかんない——同じ部屋でしっかり顔を見つめないと。そうじゃないとできない」

「ＤＶＤでは無理なのか」

「アップで映さないとだめ。はっきりしない。ただ感じるだけだから」

「ファーリーには何を感じる？」

「あいつは自分がやばいことをしたのはわかってる。でも、あいつがやったとあんたたちが思ってることを、ほんとうにあいつがやったのかどうかはわかんない」

　サイラスは食べるのをやめて体を乗り出す。なんでそんな目で見つめるんだろう？

あたしがとまどったのに気づいたサイラスは体をもどし、その話題を終える。

あたしはテーブルを片づけて皿を洗いはじめる。グラスをきれいな水ですすぎ、汚れの筋が残らないようにする。

サイラスは食器を拭くタオルを手にとる。「質問がきらいなのは知っているけど、ひとつ訊いてもいいか」

あたしは答えない。

「いつからその……能力を……」

「覚えてない」

「イーヴィ・コーマックになる前から？」

あたしはうなずく。

「その能力のせいで不安になるのはわかる」サイラスは言う。「わたしだって不安になるだろう」

「他人が嘘をついてるかどうか見分けたいんでしょ。自分でできれば、仕事が楽になるだろうし」

「そんな能力があれば、仕事なんかしないさ」

35

早朝。レニー・パーヴェルがポケットベルのメッセージを送ってくる。話がしたいという。わたしは図書室へ行ってノートパソコンを開き、スカイプの着信を待つ。レニーの映像が画面に現れるが、頭のてっぺんしか映っていない。レニーはぶつぶつ言いながら画面の角度を直し、こんどは下へ傾けすぎる。顎とガウンの襟が映る。レニーはもう一度調整し、顔が真ん中に映るようにする。その後ろで夫のニックがコーヒーを淹れているのが見える。Tシャツにボクサートランクスの姿で、毛むくじゃらの太腿があらわになっている。ニックほど毛深い男は見たことがない。レニーが〝熊〟と呼ぶほどだ。

「やあ、サイラス」ニックが画面に向かって手を振る。

「どうも、ニック」

「服を着てちょうだい」レニーが言い、片手で画面を覆う。ふたりの言い合いが聞こえるものの、深刻そうではない。ニックは医師や病院に医療機器を販売する仕事をしているが、時間の融通がきく。息子ふたりは大学生か、もう卒業したころだ。どちらもいい青年で、自慢の子供たちだろう。

レニーがカメラから手をどける。

「ゆうべ、ネスから電話があったの。薬物検査の結果が出た。ジョディ・シーアンの体内から薬物やアルコールは検出されなかった」

ほかに何かある、とわたしは感じる。

「ネスはジョディのホルモン値が高いことに気づいて、検査を実施した。その結果、妊娠が判明したの――十一週よ。胎児のDNAを採取することもできただろうけど、検査はアメリカでおこなわれることになるし、一週間以上かかるかもしれない。胎児のDNAには父親の遺伝子が半分含まれてるから、相手を特定するにはじゅうぶんね」

「ジョディは自分が妊娠していることを知っていたんだろうか」わたしは言う。

「たいていの若い女性はきっちり記録しているものよ――特にいまはスマートフォンの時代だし」

わたしは一瞬だまり、頭のなかで情報を整理する。殺害されたこととはなんの関係もないかもしれない。だがこうなると、太腿に付着していた劣化した精液がますます重要になる。ファーリーのものではなかったのだから。あの夜ジョディは、事件が起こる前にだれか——恋人か、たまたま出会った男か——と合意の上でセックスをしていた可能性が高い。それでも、足どりに五時間の空白が残る。

レニーの見解を尋ねてみたいが、ファーリーに不利な証拠が山ほどあるのだから、考えを変えることはないだろう。それに、共犯者がいる可能性はさらに低くなった。

警察が新たな証拠を見て見ぬふりをしている、と言いたいわけではない。ただ、矛盾が生じて訴追が危うくなる事態を避けようとしているだけだ。レニーは几帳面で忍耐強い。何より、誠実な人間だ。証拠を捏造したり、容疑者を犯人にでっちあげたりはしない。だが、ウサギを巣穴まで追いかけて、時間と資力を無駄に費やすこともしない。

水道管がごとごと音を立て、イーヴィがシャワーを浴びているとわかる。頭にタオルを巻きつけたイーヴィが、顔をしかめて階下へおりてくる。

「お湯は出ないの？」

「すまない。種火が消えているんだ。タンク式の給湯だから、あたたまるのに少し時間がかかるかもしれない」

イーヴィは小声で悪態をつき、わたしが出かける恰好をしているのに気づく。

「どこへ行くの？」

「人に会ってくる」

「いっしょに行っていい？」

「だめだ」

「邪魔しないから。車で待っててもいいし、下の階でもどこでも……」

イーヴィは期待をこめた目でわたしを見る。もう一日も、ひとりでいたくないのだろう。孤独ということばは、完全に自分の頭のなかだけで生き、友達を作ったり人と付き合ったりする気がないこの少女とどうも結びつかない。とはいえ、イーヴィにはもう一日もひとりで過ごさせたくない。この薄気味悪い古い家から脱出して、もう一度世界へ目を向けてもらいたい。

「十五分で支度できるか」

「五分でだいじょうぶ」

イーヴィは長袖のトップスとジーンズとカウボーイブーツを身につけ、デニムのシャツを上着のようにはおって一階へおりてくる。わたしも似たようなシャツを持っていた気がするが、あまり着ていない。

わたしは車のフロントガラスから落ち葉を払う。赤いフィアットだが、色褪せてまだらのピンクになっている。ボンネットは鳩の糞だらけで、ワイパーブレードにカーペットのショールームの在庫一掃セールのチラシが差しこまれている。近隣住民に放置車両とまちがえられ、いままでに二度、自治体からレッカー移動の警告状を貼られたことがある。

「最高」イーヴィがからかうように言う。

キーをまわすが、エンジンは一回でかからない。わたしは小声で気合いを入れる。やがて、肺を病んだ喫煙者が咳きこむような音がしたあと、エンジンが激しく空転して、ふたりの体が左右に揺さぶられる。わたしはエンジンがあたたまるまで少し待つ。

「運転を教えてくれない？」イーヴィが訊く。

「だめだ」

「なんで？」

「家からバス停まで二分だぞ」

「運転ができたら、もっと自立して生きられる」

「車を持っていないじゃないか」

「これを借りればいい」

「おことわりだ」

イーヴィは腕組みをし、窓の外に目をやる。車はダービー・ロードを進んでウラトン・

パークのそばを通り過ぎる。日曜の朝早くなので、道は空いている。

「ジョディ・シーアンの死因は？」イーヴィが尋ねる。

「事件のことは話せない」

「国家機密？」

「いや」

「じゃあ、なんで？」

わたしは答えない。

「事情聴取の様子を観たよ」イーヴィは言う。「後ろから殴られたんでしょ」

「人のものを勝手に見るのはぜったいやめろ」

イーヴィは返事をしない。カウボーイブーツを履いた足をグローブボックスの上のダッシュボードにもたせかける。車はアビー・ストリートを走って小修道院教会の前を通過し、キャッスル・ブールバードにはいって市内の南を進んでいく。

「CDプレイヤーは動く？」

「いや」

「ラジオは？」

「車が穴に落ちたときだけつく」

イーヴィは不快そうに息を吐く。

「検死では断定できなかった」わたしは最初の質問に答える。「溺死したのか低体温で死んだのか、病理医も判断がつかなかったらしい」

「ファーリーはレイプしてないと言ってた」イーヴィは言う。「でも、マスをかいて髪の毛に射精しただけでも、吐き気がする。あんなやつは刑務所に入れちまえと思うけど、あいつが殺した証拠にはならないんだよね」

「後ろめたいことがなければ、ジョディを助けようとしたはずだ」

「ほかにどうしようもないときだってあるよ」

わたしは頭のなかの何かを揺さぶられ、椅子に縛りつけられたテリー・ボーランドが耳に酸を注がれるさま、その悲鳴にイーヴィが耳を澄ますさまを想像する。

ノッティンガムの繁華街でメーター制の駐車スペースを見つける。イーヴィに車中で待つように言う。

「寒いよ。いっしょに行っちゃだめ?」

「わかった。でも、面倒を起こさないように」

イーヴィはわたしとともに歩道におり立ち、シャツの襟を立ててポケットに手を入れる。通りの角まで来たところで、ふたりの若いバックパッカーとすれちがう。二十代前半の男女で、外国語で楽しげに話している。女が笑い声をあげて、男に呼びかける。イーヴィは立ち止まって振り返る。一瞬、何か言うのかと思うが、イーヴィはふたりが歩き去るのをだまって見ている。

「どうかしたのか」

「なんでもない」

「女の言ったことが気になったのか」

「ううん」

「ロシア語かポーランド語だったと思う。話の内容を理解できたと？」

「ううん」

「だったら、どうした」

「どこかで見たような顔だったから」イーヴィは言うが、わたしはそれを信じていいのか迷う。これが厄介なところだ。わたしはイーヴィのやることなすことすべてからヒントを読みとろうとする。何かをする。何もしない。無言。肩をすくめる。

わたしたちはボレロ広場を過ぎて、ナショナル・アイス・センターへ向かう。金属とガラスでできたスタジアムで、対のリンクがある。わたしたちは回転ドアを押して通り抜け、洞窟のようなロビーへ足を踏み入れる。モンタージュのポスターが麗々しく掲げられている。スケートの歴代チャンピオンのポスターをつなぎ合わせたもので、高さが十メートル余りある。

仕切りの向こうにいる女の受付係が、ほとんど目をあげずにイーヴィに書類を渡す。「この用紙に記入して。更衣室はあのドアの向こうよ。リンクに出るまでスケート靴を履かないこと」

「スケートが目的じゃありません」わたしは言う。「ブライアン・ウィテカーに会いにきました」

「指導中ですけど」

「待たせてもらいます」

案内板に従って進むと、コンサートホールほどの大きさのリンクに出る。まわりを階段状の座席が囲んでいるが、上のほうは暗くてよく見えない。リンクは内側から輝いて見え、かすかに青みがかっている。十人以上の生徒がウォーミングアップ中で、楽々と優雅に氷上を滑っている。手をひと振りしただけで、スピンしたり後ろ向きに滑ったりする。ひとりがスピードをあげ、跳びあがって回転したあと、片足で着地し、両腕を大きくひろげて背中をそらす。

ほとんどの生徒がきつめの黒いレギンスを穿き、体に密着した上衣を着けている。練習着だ。ブライアン・ウィテカーの姿が見える。公式のものらしいトラックスーツに身を包み、十三、四歳の生徒ふたりに大声で指示を与えている。ほかのコーチ数人も、それぞれに自分の生徒を指導している。

ブライアンが手を叩き、少女たちにリンクの端に集まるよう合図する。いくつか指示を与える。ひとりが首を横に振る。ブライアンは少女の首の後ろに手を置き、自分のほうへ顔を引き寄せて、額と額をつけて何やらささやく。その目は輝き、手首では金のブレスレットが光っている。

少女はうなずいて滑り去り、リンクの反対側の端で止まる。二、三度深呼吸をしてから滑りだし、両腕を振りながら加速する。方向を変えて後ろ向きに滑り、また前を向いたかと思うと、すぐに片足で踏み切って跳びあがり、両手を胸の前で交差して空中で二回転する。さっきとは反対の足で着氷し、優雅な円を描いて滑りながら、両腕を翼のようにひろげる。

ブライアンが拍手する。少女は顔を輝かせる。ブライアンはつぎの生徒に向かってうなずく。その少女が滑りだしてスピードをあげるものの、どこか自信なさそうに見える。動きが硬い。不安げだ。覚悟を決めて跳ぼうとするが、直前で取りやめ、苛立たしげに太腿を叩きながら、もとの位置にもどる。気を取りなおし、思いつめた表情でふたたび挑戦すつかる。

る。スケート靴の刃で氷が削れるが、ジャンプして回転するには速度が足りない。両手も交差しない。脚がもつれる。バランスを崩して激しく転倒し、そのまま滑って広告板にぶつかる。

ブライアンがその少女のもとへ向かう。抱き起こす。少女は泣いている。つらそうだ。

ブライアンは少女の涙をぬぐい、動物をなでるように背中をさする。

「もう一度やってみるか」

少女はうなずく。

「無理しなくていいんだぞ」

「はい、わかってます」

少女は膝や腰から氷を払い、スタート地点へもどる。一段と思いつめた表情で、また挑戦する。わたしは転ばないことを祈る。イーヴィも同じらしい。

「一回転にすればいいのに」イーヴィはつぶやく。「二回は多すぎ」

少女は体を前へ投げ出すようにして跳ぶが、回転が不足し、派手に転んで氷の上を横滑りする。立ちあがってもう一度やろうとする。ブライアンがそれを止める。

「きょうはここまでにしよう、ラーラ。あす、また練習しよう」

少女たちは雑談しながらゲートへと滑っていく。ブライアンはリンクの端へ行き、クリップボードを拾いあげて何やら書きこむ。

「ここで待っていてくれ」わたしはすっかり魅了された様子のイーヴィに言う。

リンクに沿って歩いていき、ブライアン・ウィテカーに近寄る。背が低くて手が華奢な男で、バレエダンサーのようなたたずまいだ。

「ドクター・ヘイヴン」ブライアンはちらりとこちらを見て、クリップボードに視線をもどす。「ちょっと待ってください」さらに何かを走り書きする。「フェリシティからあなたが家にいらっしゃったと聞きました。タズミンの友達も何人かいたそうですね」

ゲートを出て腰をおろし、スケート靴の紐をほどく。

「きびしい練習ですね」わたしは言う。

「そうでもありません。ダブルアクセルができなければ、ラーラはトリプルなんて無理です。そしてトリプルなしでは上位争いには加われません」ブライアンはもう一方の靴の紐をほどきはじめる。「フィギュアスケートは優雅に見えるかもしれませんが、転倒は心にも体にもこたえます」

「ジョディも同じでしたか」

ブライアンはどことなくうれしそうな顔をする。

「ダブルアクセルを習得するのに二年かかる選手もいます。ジョディは一カ月でした。最高難度のジャンプを覚えて、数日のうちにあたりまえのように跳んでみせる選手は、なかなかいるものじゃない。ジョディは、眠ってても跳べるんじゃないかと思うほどでした」

「ジョディが妊娠していたことはご存じでしたか」

ブライアンの顔に衝撃の色が浮かんだ。イーヴィなら、それが本物かどうか見分けられただろう。

「本人から聞きませんでしたか」

「聞いてません」

「もし聞いたら、どうなさいましたか」

「中絶の手配をしたでしょう」

「ご両親にだまって？」

ブライアンは口をつぐんでわたしから目をそらし、リンクを前後に移動する整氷車を見やる。「マギーは熱心なカトリック信者です。きっと反対したでしょう」

「ドゥーガルは？」

「相手の男を見つけ出して、叩きのめしたと思います」

何人かのアイスダンスの選手がリンクをまわりながら、整氷作業が終わるのを待っている。ふたりずつ縦一列に並び、腕を組んで氷を蹴りながら滑るのを、ブライアンは見守っている。

「八年前、あなたの教え子のひとりが、シャワー中にあなたに盗撮されたと申し立てたそうですね」

「写真など撮っていません。更衣室にだれかいるとは思わなかったんです」

「なぜあなたはそこへ行ったんですか」

「生徒のひとりが電話してきたんです。更衣室に財布を忘れたかもしれないとね。わたしは確認に行っただけです。ノックもした。だれもいないと思った。問題の生徒には謝罪しました」

「彼女はなぜあなたに盗撮されたなどと言ったんでしょう」

「父親ですよ。ぼくから金をとろうと考えたんです」

「その生徒はいまどこに？」

「家族でリーズへ引っ越しました」

「スケートはつづけているんですね」

「そのようです」ブライアンはことばを切る。「なぜそんなことを訊くんですか」

「病理医はジョディの胎児からＤＮＡを採取できると考えています。それで父親を特定できるでしょう」

ブライアンはあいまいに肩をすくめる。

「興味はありませんか」

「特には」

「理由をうかがってもいいですか」

「そんなことをしてもジョディはもどらないからです」

ブライアンの態度の何かが引っかかる。悲しいのは姪を失ったせいなのか、それとも、自分にも栄光をもたらすはずだった未来のチャンピオンを失ったせいなのか。

「コーチと教え子はとても密接な関係なんでしょうね。ともに努力し、遠征に出かけ、宿に泊まり……」

ブライアンは体をこわばらせ、わたしの目を見据える。

「いったい何を言いたいんだ」

「部屋は別々でしたか」

ブライアンの表情が驚きから怒りへと変わり、赤みを増していく。顔をきつくしかめる。

「よくもそんな――そんなことを……」

「必要な質問なんです」

「ぼくのキャリアをぶち壊しにしかねない質問だ」ブライアンは色をなして言う。「その手のことがちょっとささやかれただけで、二度とコーチができなくなる。あんたにそんな権利はない。あんたは……そう……」最後まで言うことができない。「姪と関係を持つなんて、考えるだけで穢らわしい。あんたはゆがんだ心の持ち主だ。ゆがみきってる」

36 エンジェル・フェイス

ふたりが話すのを見てるけど、遠すぎるから、何を言ってるかも嘘をついてるかどうかもわからない。ふたりともポーカーはあまりうまくないと思う。〝テル〟（持っているカードについての手がかりを与える動作）が多すぎるから。サイラスは感情を抑えてるけど、コーチのほうはぜんぜんだめ。

人は聖書にかけて、真実を、すべての真実を、真実のみを述べるなんて誓うけど、そんなの寝言もいいとこだ。だれだって嘘をつく。弁護士。ソーシャルワーカー。カウンセラー。医者。里親。ティーンエイジャー。子供。人はみんなそう。呼吸し、食べ、飲み、そして嘘をつく。

前に一度、ラングフォード・ホールで、人が一日に何回嘘をつくかを調べたことがある。ひとり平均十八回だった……ランチの時間までで。しかもそれは見え見えの嘘だけで、相手を満足させるための小さな作り話は数に入れなかった。その髪型、大好き。すごくかわいい服ね。あんたのヨーグルトを食べてなんかいない。ほかに、自分に対してつく嘘もある。そんなに太ってないよ。まだたいした歳じゃない。自分のしてることはわかってる。もっと時間があれば、自分だって……。

見え見えの嘘がいちばんわかりやすい。そうじゃない嘘はうまく隠されてるか、真実に近すぎて境界線がぼやけてる。自分勝手な嘘もある。誇張したり、合成したり、和らげたり、ただだまってたり。いいと思ってつく嘘もある。人はたいしたことじゃないと思って嘘をつく。真実を話したら収拾がつかなくなるとか、真実は都合が悪いとか、期待を裏切りたくないとかで、嘘を言うこともある。ほんとうだとどうしても信じたいからってときも。あたしはそういう嘘を全部聞いたことがある。そして全部言ったことがある。

階段状の座席のあいだを歩いて、更衣室へつづく通路を進む。さっきリンクで見た女の子ふたりが私服に着替えてる。一方は急いで帰ろうとしてて、自分に腹を立てた様子でロッカーの扉を乱暴に閉め、足をひきずるように出ていく。もうひとりの子はまだスケート靴の紐をほどいてる。

「上手だったね」あたしは話しかける。「スケートを見たのははじめてだった。近くで見たのは、って意味だけど。テレビで見てると、スピードがよくわかんないし、スケートが氷にふれる音も聞こえない」

あたしはベンチにいる子の反対側にすわる。「ところで、あたしはイーヴィ」

「アリスよ」

「いつからスケートをやってるの、アリス」

「五歳から」

「いまからやるのは遅すぎるかな」

「だれだってできるよ。ほとんどの人はただ楽しいから滑ってるし」

「あなたも楽しい？」

「うん、きょうは楽しかった。あしたはわからないけど」

アリスは分厚いフリースを頭からかぶり、襟から髪の毛を引き出す。

「ジョディ・シーアンを知ってた？」あたしは訊く。

「もちろん。いっしょに練習してたもの」

「コーチも同じ？」

アリスはうなずく。「ウィテカー先生よ」

「ジョディは先生のお気に入りだった？」

アリスの顔を不安の影がよぎる。「ほかの子よりもきびしく教えてた」

「どうして？」

「すごく優秀だったから」

「ジョディが滑るとこを見てみたかったな」あたしは言い、スケート靴の刃を一本の指でなでる。「あたしとゲームしない？」

アリスは困ったようにこっちを見る。「ママが迎えにくるの」

「長くはかからないから。〝真実ふたつと嘘ひとつ〟って、はったりをかけ合うゲームよ。あたしが自分について三つのことを言うから、どれが嘘かあててみて」

「わかった」

「あたしの本名はイーヴィじゃない。あたしは双子の片割れ。あたしはゆで卵を一度に四つ、口に入れられる」

「そんなの嘘だよ」アリスは笑う。

「卵のこと？　ううん、それはほんとう。ここにゆで卵が四つあったら、やってみせるんだけど。さあ、こんどはそっちの番よ。ジョディについて三つ言ってみて――ほんとうのことをふたつと、嘘をひとつ」

「なんでジョディのこと？」

「そのほうがむずかしいから」

アリスは考えはじめる。「オーケー。ジョディはスケートをやめたがってた。ジョディには秘密の恋人がいた。ジョディは前にホラー映画を観たとき、大声で叫んだせいで隣の女の子がおしっこを漏らした」

「わあ、おもしろい」あたしは言う。「あなたがその女の子?」

アリスは顔を赤くしてうなずく。「なんでわかったの?」

「あてずっぽうよ。ジョディはどうしてスケートをやめたかったのかな」

アリスは軽く後ろを振り返って、声をひそめる。「頭痛のせいよ。三回連続で脳震盪を起こしたの」

「転倒して?」

アリスはうなずく。「トリプルアクセルを練習してた」

「ウィテカー先生はそれでもつづけさせたの?」

「ジョディは先生をがっかりさせたくなかったみたい」

「恋人は?」

「それが嘘。でも、ほんとはわからない」アリスは言う。「ほかに思いつかなかったから」

「無理やり嘘をひねり出すのはむずかしいものね」あたしは言う。「名前を知ってる?」

「ううん」

「なんで内緒にしてたんだろう」

「年上だったんじゃないかな」

「どうしてそう思う？」

「だって、ジョディはその人のことを話したがらなかったし、わたしはてっきり……」スマホが鳴り、アリスは画面を見る。「行かなくちゃ」

ぎゅうぎゅう詰めのロッカーにスケート靴を押しこむ。

「ジョディもロッカーを使ってた？」あたしは尋ねる。

アリスはうなずくと、あたしの先に立って角を曲がり、ロッカーのひとつを指さす。警察の青と白の立入禁止テープが交差する形で貼ってある。

「あそこは警察が調べた」アリスは言う。「でも、もうひとつのほうには気づかなかったみたい」

「もうひとつのほうって？」

「ジョディはロッカーをふたつ使ってたの。夏のあいだにナターシャがやめて、ジョディがロッカーの鍵を預かったんだけど、そのまま返さなかったのよ」

アリスはロッカーの列に沿って進み、ラベルのついてない金属の扉を指で示す。

またスマホが鳴る。時間を過ぎてるんだろう。アリスは小ぶりのバックパックの肩紐に腕を通して背負い、小さく手を振る。「本気でスケートを習いたいなら、リンクが一般公開されてるときに来るといいよ」

「そうする」あたしはロッカーを見たまま言う。

更衣室にひとりになる。クラシック音楽がくぐもった音でリンクから聞こえる。金属の扉に寄りかかり、取っ手を引っ張って南京錠の強さをたしかめる。髪に手を入れてヘアピンを一本抜く。プラスチックの端を嚙みちぎって、金属の部分をむき出しにする。何度も前後に曲げて折り、鋭い金属の先っぽを南京錠のシリンダーに差しこみ、内側の仕組みに引っかかるのを感じながら、並んだピンを押しさげる。

錠のあけ方はフォレジャーって子に教わった。その子が略奪者という意味の〝フォレジャー〟と呼ばれてたのは、ラングフォード・ホールのキッチンに忍びこんでは、袋入りのビスケットや紙パックのジュースや料理係の私物のチョコレートを盗んでたからだ。フォレジャーはほとんどどんな錠でもあけられた。あたしも教わったけど、南京錠まで覚えたところであきらめた。しょっちゅう見つかって、罰を受けたから。

これなら簡単にあけられる。カチリという例の音がし、手のなかで掛け金がはずれる。ロッカーをのぞくと、バレエシューズ、レギンス、靴下、フリース裏地の上着がはいってる。上着についたバッジには〝英国ジュニア・フィギュア・スケーティング・チーム〟と書いてある。つぎに上着のポケットを調べ、靴をひっくり返す。奥に押しこまれたいちばん下の棚から、封の破れた黄色いクッション封筒が見つかる。はいってたのは、ジョディ名義のパスポートと、開封してないSIMカードが何枚か、それに安物の携帯電話だ。封筒を逆さにすると、ペンみたいな形のものが出てくる。片側に文字が書いてあって、小さな窓に二本のピンクの線が垂直に並んでるのが見える。これが何かぐらいは知ってる——妊娠検査薬だ。

どこか見えないところでドアが開く音がし、部屋の温度がかすかに変わるのを感じる。あたしはロッカーを閉めて扉にもたれかかり、手を後ろに滑りこませて南京錠をしっかりかける。封筒をサイラスのぶかぶかのデニムシャツの下に入れ、右の脇にはさむ。

「何をしてるの」女が言う。さっきリンクで見かけたコーチのひとりだ。

「トイレに行きたくて」

「ここは生徒専用よ」

「漏らしそうだったの」

女はあたしを疑り深く見るけど、あたしも負けないよう見つめ返して、〝なんにもないよ〟というふうに手のひらをひろげてみせる。

「出ていってもらえる？」

「ほんとにいやな女」

「いまなんて言った？」

「そんなにいやな顔しないで、と言ったの。ちょっとまちがえただけよ。ごめんなさい」

あたしは封筒を脇にはさんだまま、わざと胸を張ってベンチのあいだを進み、右へ曲がってドアを通り抜ける。地下通路を進んで階段をのぼり、出口から抜け出す。ロビーで待ってるサイラスと合流するまで、後ろを振り返らない。

「どこへ行っていたんだ」サイラスはほっとしたように言う。

「トイレ」

「ふらっと消えちゃだめだ」

「なんで？　あたしは囚人だっけ？　女子トイレについてきたかった？　見ててもよかったのに。興奮する男もいるもんね」

サイラスは返事をしない。

あたしたちは並んでボレロ広場を横切る。サイラスに遅れないよう、大股で歩く。

「ジョディ・シーアンはスケートをやめたがってた」あたしはお告げのように言う。

「だれから聞いた？」

「アリスから。さっきの生徒のひとりよ」

サイラスは立ち止まって向きなおる。「なぜその子を知ってる？」

「リンクの外で話をしたの。アリスはジョディに恋人がいたと言ってた。年上らしいけど、名前は知らないって」

サイラスはどう反応していいかわからなくて、あたしをじっと見てる。

あたしはシャツの下から封筒を取り出す。「ジョディが妊娠してたなんて、教えてくれなかったね」

「おい、どうしてそのことを？」

「これをジョディのロッカーで見つけた」

37

イーヴィを怒鳴りつけるのは、テレビや動かない車に向かって大声をあげるのと似ている。ますます感情的に声を張りあげるわたしを、イーヴィはいわく言いがたい顔つきで見ている。いや、あれは純粋な軽蔑の表情かもしれない。

「いくつ法律を破ったと思っているんだ。そのせいでこっちがどんな立場に追いこまれたか、わかるか？　それは個人のロッカーで、きみは証拠になるかもしれないものを盗んだ。告発されてもおかしくないんだぞ。おかげでわたしは仕事を失うかもしれない。いいかげんにしてくれ、イーヴィ！　頼むよ！」

イーヴィはどんよりした目を向けてくる。反省はない。後悔もない。ふたりのあいだにあったかもしれないあたたかな交流や絆は消え、二度と足を踏み入れたくない冷たい荒れ地が現れる。

車に乗るよう命じる。イーヴィは動かない。わたしの大声に驚いた歩行者が何人か、こちらを見ている。わたしは手のなかで爆発するかのように、黄色い封筒を握りしめる。

風が前髪を吹きあげ、目に涙がにじむが、イーヴィはまばたきをしない。心を閉ざし、どこかへ立ち去ったかのように見える。わたしは自分を抑えて怒りを呑みこむ。イーヴィは中途半端でも無感動でもない。攻撃されたときにいつもすることをしているだけだ――安全な場所への逃避を。

「車に乗ってくれないか」わたしは声を和らげる。こうやって、性的虐待の日々を耐え抜いたのだ。

イーヴィはあいたドアを見る。

「怒鳴って悪かった。ごめん」

イーヴィは何も言わない。

「ラングフォード・ホールにもどりたい？」

「そうしてほしい？」イーヴィはぼそりと言う。

その問いがわたしの胸に突き刺さる。何か安心させるようなことを言うべきだろうが、頭に血がのぼっていてうまいことばが出ない。この少女をどうしたらいいのだろう。記録は読んだけれど、彼女のことは何も知らないも同然だ。不愛想で、感謝を知らず、頑なで、いっしょにいると自分の人生がありえないほど過密に感じられる。〝子供っぽい真似はやめろ！　大人になれ！〟と叫びたいが、イーヴィには子供時代がなかった。そういうことだ。

雨がぱらぱらと落ちるなか、車は渋滞のない道路を進み、ワイパーブレードがフロントガラスの片側を打ちつける音が耳に響く。家に着くと、イーヴィは階段をあがって自分の部屋へ向かう。一時間後、わたしはイーヴィの部屋の前に立ち、ノックをするかどうか迷う。壁板に耳を押しあてる。何も聞こえない。

図書室へ行き、封筒の中身を机にあけてみる。妊娠検査薬とSIMカード、そして安物の携帯電話。時代遅れの折りたたみ式のノキアで、中古と見てまちがいない。

この封筒は警察に提出するのが筋だ。しかし、どう説明するのか。イーヴィがジョディのロッカーから盗み出したと言ったら、ラングフォード・ホールに送り返され、わたしは取り調べを受けて仕事を失うだろう。

匿名で封筒を郵送するか、レニーの家の玄関に置いておくのはどうだろうか。いや、イーヴィの指紋が中身についている。わたしの指紋も。やはりだめだ。

警察はすでに、ジョディが死んだ夜に二台目の携帯電話を持っていたことをつかんでいる。いつもの携帯電話のスイッチを切ったあとも、メッセージを受信していたからだ。これで三台目の携帯電話と複数のSIMカードの存在が明らかになった。十五歳の少女がいくつもの電話番号を必要とする理由とは何か。それに、六千ポンドもの金をどうするつもりだったのか。

きのうウィテカー家を訪ねたとき、ブリアンナはジョディのことを、みんなが思うほど子供ではないとほのめかし、兄のフィリックスと話をするようにわたしに言った。すれたティーンエイジャーだと言いたいのかと思ったが、それ以上の何かがある気がした。鍵を握るのはフィリックス・シーアンかもしれない。

とりあえずいまは、この封筒をどうにかしよう。わたしはノートパソコンを開き、レニーにスカイプで電話をかける。レニーは携帯電話で応答する。背後で笑い声がしている。

「お邪魔だったかな」

「日曜のランチよ。動物園の餌やりの時間みたい」

「ジョディ・シーアンの持ち物が手もとにある。どうやって手に入れたかは訊かないでくれ」

「訊かないわけにはいかない」レニーは言う。ゲームをする気分ではないらしい。

「だれかが玄関の前に置いていった」

「ふざけないで、サイラス」

「頼むよ」

一秒、また一秒と時が過ぎる。レニーの息づかいが聞こえる。

「その謎の荷物はどこにあるの」

「車をよこしてくれ」

38　エンジェル・フェイス

いまはバス待合所の陰で、フードをかぶって下を向いてすわり、濡れた道を車のタイヤがこする音を聞いてる。あんまり頭にきて前歯を強く嚙みしめてるから、口のなかにその味がひろがってる気がする。サイラスにあたしを怒鳴る権利はない。あたしはただ、役に立ちたくて、自分にできることは何かないかと思っただけだ。あいつのお説教も、お情けも、悲しい目も、精神分析も要らない。くたばっちまえ！

バスが停まり、アコーディオン式のドアが開く。あたしは一瞬ためらう。

「乗んのかい」運転手が強い訛りで訊く。あたしは乗りこんで、お金を差し出す。

「現金は使えない」運転手はいらいらして言う。「カードだけ」

サイラスから交通カードみたいなものをもらったのを思い出す。ポケットを探り、運転手に渡す。

「かざす。読み取り機。枠。ここ」

「そんなの知るわけないじゃん」あたしはつぶやき、バスは発車する。ふらつきながら通路を進んでいって、鏡に自分の姿が映らない場所の席にすわる。コートの下に着てるのは、裁判所用にキャロライン・フェアファクスが選んだ服だけど、きょうはセクシーに見えるよう襟飾りをとって上のほうのボタンをあけておいた。マスカラとアイシャドウで、目が大きく、まつ毛が濃くなってる。

いつだったか、クロエ・プリングルから、口紅を塗るのは唇をあそこの色とそっくりにして、女の性を強調するためだと聞いたことがある。あたしはげんなりして、それから一カ月、口紅を塗るのをやめた。

コートのポケットに手を入れ、まるめたお札の束を握る——こっそり隠しておいたあたしの貯金、賭け金だ。サイラスの施しも、だれのお情けも、もうすぐ必要なくなる。

煉瓦造りの古い倉庫が、小型タクシーの営業所と中古車置き場のあいだで押しつぶされるみたいに建ってる。鉄道の線路に近いので、貨物列車が轟音を立てて通り過ぎるたびに建物全体が揺れる。向かいにがらんとした駐車場があり、がらくたの山とまばらな雑草に囲まれて、数えられるくらいの車が停まってる。

首にコルセットをつけた用心棒が入口にいて、腰を曲げてあたしを見おろす。

「なんの用だ」

「ポーカーがしたいんだけど」

「いくつだ」

「十八歳」

「証明できるものは？」

あたしは体をくねらせてコートを脱ぎ、ワンピースとブーツの姿になる。大人っぽく見えるよう、髪は頭のてっぺん近くでまとめてある。

「ほう、がんばったな」用心棒は言う。「失せろ！」

あたしは二十ポンド札を二枚抜き取り、相手の股間を軽く手でかすめながら、ズボンのポケットに滑りこませる。

「これでいくつに見える？」あたしはささやく。

用心棒がひるむと、あたしはその隙に体をかがめて相手の腕の下を通り抜け、入口をくぐって、追いつかれないうちに階段をのぼっていく。会計係は大柄な女で、脱色した金髪が薄暗いなかで輝いて見える。女はガラス窓越しの木でできたブースにすわってる。あたしはまるまった札束を手渡し、女が抽斗から何色かのチップを出して数えるのを見守る。あたしはひとつひとつ山をつかみあげ、指先からチップを落としながら枚数をかぞえる。

「足りないんだけど」

「五パーセントの手数料をいただいています」会計係は言う。「〈エーシズ・ハイ・ルーム〉へようこそ。右側の三つ目の部屋へどうぞ。トイレは奥。ドリンクは別料金。ゲームの途中で疲れたら、ソファーで休んで。ただし、場所とりは禁止よ」

あたしはチップを持って通路を進み、ノックせずにはいっていく。だれも顔をあげない。煙草の煙でかすむなか、まぶしい光の輪の下で、四人の男が緑のベーズを貼ったテーブルについている。それぞれの前にチップの山と、いろんな種類の酒のタンブラーが置いてある。ディーラーは若い女で、スツールに軽く腰かけてる。

あたしは咳払いをする。

ディーラーがもの珍しげにこっちを見る。「あら、こんにちは、はじめて見る顔ね。だれか待ってるの？」

「ちがう、プレイしにきた」

男のひとりが笑い声をあげる。「家に帰ってセサミ・ストリートでも観てな」

ディーラーがテーブルの下で男を蹴る。「お行儀よくしなさい」

その太った男はすねをさすり、壁際から椅子を持ってきて自分の隣に置く。

「ここにすわりな、お嬢さん」男は言い、椅子のほこりを払う真似をする。「おれに運をくれよ」

「運だけじゃ足りないんじゃないか――神の導きでもないと」背の高い黒人の男が言う。髪がきつくカールし、左耳に小さなエメラルドのスタッドがついてる。

三人目の男は顔の半分が隠れるほど大きなサングラスをかけ、〝その気になりゃギャンブルはやめられるけど、途中で逃げ出す根性なしじゃないぜ〟と書かれたTシャツを着てる。男は言う。「あんた、つきがなさすぎるもんな――おっぱいが詰まった袋に落ちても、乳首じゃなくて自分の親指をしゃぶりながら出てきそうだ」

四人目の男が話をさえぎり、その声で部屋が震える。「おまえら、いいかげんにだまって、ゲームに集中しやがれ！」

その男の顔は片側半分が崩れてるみたいに垂れさがり、反対側は生き生きとした感じで、目が危なっかしく光っている。

「何を見てる」

あたしは目をそらし、男の顔を頭のなかから消したいと思う。

ディーラーが身を寄せてくる。「バーナムのことは気にしないで――吠えるだけで嚙まないから」

「ジャックのフォーカード、エースなし」太った男が言い、ティッシュで鼻をかんで、不恰好な上着のポケットに突っこむ。

ディーラーは二十代後半の女で、白いブラウスに黒いズボンという姿だ。「わたしはケイトリン。何か飲む？」

「ううん、要らない」

「いいじゃないか、飲めよ」黒人の男が言い、スコッチの瓶を持ちあげる。「おれはリヴィングストン」

「無理強いするんじゃねえぞ」太った男が言う。腹が妊婦のようだ。

「とっととカードを配れ」バーナムが言い、マニキュアをした指でベーズのテーブルをとんとん叩く。

「テキサス・ホールデムよ」ケイトリンが言う。「上限なし。最初のチップは二千。ブラインドのベットは十と二十」

あたしは額の大きさ順にチップをテーブルに並べ、いくら勝っていくら負けてるか、正確にわかるようにする。最初のうち、勝負は速く進み、あたしは様子を探りながらゲームにはいっていく。強い手札を引いても、ほかの連中が場のチップをめぐって戦うのをよそに、すぐに伏せてゲームをおりる。

太った男の心は簡単に読める。しゃべりすぎで、そわそわして落ち着かなくて、チップを数えてばかりいる。サングラス男もわかりやすい。いちいちベットを引き延ばすし、かならず最後のカードを確認する。リヴィングストンは験をかつぐ性格らしく、持ち札の強さによって賭けるチップの山を変えてる。バーナムは、垂れさがった顔と勝負を急かす気の短さのせいで、何を考えてるかよくわからない。強い手札が来るまで待ってから、慎重に動くタイプだ。最初の三枚が配られる前にベットやレイズをすることもあるけど、少しでも不利とわかったらさっさと勝負をおりる。

二時間後、あたしは大勝ちを避けて少しずつ勝って、五百ポンド儲かってる。ほかの連中はそれぞれ、ある時点ではったりをかけようとする。あたしはほうっておく。勝負をおり、観察する。

夜の十二時になる。太った男が帰ったから、ゲームをしてるのは四人。あたしは最初の賭け金を倍にする。さらに吊りあげる。「ここまでにする」あたしは立ちあがって言う。

「どうした、お嬢ちゃん。おねんねの時間を過ぎたか」バーナムが言う。

「好きにさせてやれ」リヴィングストンが言う。

「おれたちの金を根こそぎかっさらったんだから、もうひと勝負だけお願いしようじゃないか――いいだろ？」

「気にしなくていいから」ケイトリンが言う。

勝ってるうちにやめるべきだとわかってるけど、あたしは大きく勝ってる。椅子にすわりなおし、手札が配られるのを見つめる。ペアだ。9が二枚。バーナムがチップの山を数えもせずにテーブルの中央へ押しやる。勝負に出てる。あたしの目をじっと見て、攻撃を仕掛けてるけど、手札はなんでもない。カス。へたくそなはったりだ。

あたしはバーナムと同じ額を賭け、フロップを待つ。一枚が9だ。

バーナムはもうあたしを見てない。その代わりにチップの山を持ちあげ、指で数えながら落とす。山をひとつ中央に押しやる……またもうひとつ。三千ポンドだ。

ケイトリンが息を呑む音が聞こえる。頭のなかで、このまま勝負をおり、賞金をポケットに入れて立ち去れという声がする。このゲームをやっちゃいけない。こいつを信用しちゃだめ。あたしは自分のチップの山を見る。これだけお金があれば遠くまで行ける。自分の力で生きていける。

「どうした、お嬢ちゃん、根性があるのを見せてみろよ」バーナムが耳障りな声で言う。

この男は好きじゃないけど、そんなことに左右されたくない。

バーナムは下を向き、両手でカードを覆ってる。こっちを見て。顔を見たい。

「度胸を見せるか、それともおりるか」バーナムは首を傾ける。いいほうの目が光る。

あたしはチップをテーブルの中央へ押しやる。全部のチップを。

部屋の雰囲気が変わる。もうこれはゲームじゃない。戦いだ。

最後のカードがわかる――スペードのジャックだ。バーナムはのけぞって笑う。何かがおかしい。

「ジャックのフォーカード、エースなし」バーナムは言い、カードから手をどけて表にめくる。ジャックが三枚ある。

あたしは自分のカードをひっくり返さない。立ちあがって、椅子からコートをとる。

「いい線までいったが、これで勉強になったろ」バーナムは言う。

あたしはゆっくり振り返ってささやく。「いかさまだよね」

肺がしぼんだみたいに、部屋から空気が抜ける。

バーナムは立ちあがり、すごみのある声で言う。「なんだと？」

あたしはテーブルの上に身を乗り出し、三枚のジャックを裏返す。「これ、新しいカードじゃん。途中ですり替えたでしょ」

あたしが正しいのはわかってる。全部バーナムの顔に書いてある。嘘をついたって。

サングラス男がそのジャックを手にとり、デッキのほかのカードと比べる。三枚のうち二枚がほかよりも新しく見える。

「でたらめだ！」バーナムは言う。

「ポケットの中身を出せ」サングラス男が小声で言う。

「うるせえ！」

バーナムはシャツの裾を持ちあげて籠のようにし、テーブルの上のチップをすくって入れる。その手首をリヴィングストンがつかむ。バーナムはもう一方の手でパンチを繰り出すが、リヴィングストンのほうが大きくてすばやくて力も強い。チップが床に散らばり、テーブルや椅子の下で音を立てて転がる。

バーナムは右手を背中でねじあげられ、顔を壁に押しつけられる。左の袖からまた別のカードが落ちる——クイーン二枚とキング二枚、それにクラブの7とハートの6だ。絵札を何枚も隠し持って、すり替えるチャンスを待ってたってわけ。

店の用心棒がブーツで階段を踏む重い足音が響き、がっしりした肩がドアを押しあける。

ケイトリンがあたしを引っ張り、別の部屋へ連れていく。

「でも、あたしのお金が！」

「わたしにまかせて」

ケイトリンがドアに鍵をかける。ブロンドの会計係がバーナムを怒鳴りつけて、出入り禁止を言い渡すのが聞こえる。バーナムは、〝警察に通報して全員逮捕させてやる！〟と息巻いてる。

「だったらこっちは奥さんに電話して、あんたがうちにどれだけ借りがあるか教えてやるよ」会計係がわめく。

ケイトリンはブラジャーの紐にはさんだ煙草の箱を取り出す。「びっくりよ。すごいのね、あなた。あいつがいかさまをしてるって、どうしてわかったの」

あたしは肩をすくめてみせる。

「あなたみたいにポーカーをする人は見たことがない――相手をにらみつけるあの目。こわいもの知らずなのね」

ケイトリンは煙草を一本差し出す。あたしは受けとり、手の震えを止められたらと祈る。ライターに火がつく。煙が吐き出されて雲になる。

「あなた、プロになるべきよ」ケイトリンは言う。「きっとすごいスターになれる」

あたしは返事をしない。早くここを出たい。

「ポーカーのツアーに参加するの」ケイトリンは言う。「世界じゅうで大きなトーナメントが開催され、テレビで放送されてる。そのルックスと技術があれば、あっと言う間にトップに立てる」

「テレビに出る気なんかない」

「大金が舞いこむんだって。ちょっとした資金があるだけでね。わたしが力になるから。ふたりで組みましょうよ」

「だれとも組む気はない」

「わたしがスポンサーを見つけて、商標登録もする」

この女、ちゃんと耳があるの？

「あたしのお金をちょうだい」

「はい、はい、わかったってば。ボスに話すから」

あたしはケイトリンのあとについて部屋を出る。会計係が腹這いになって、落ちたチップを拾いつづけてる。

「この子のだ」サングラス男が言い、あたしを手で示す。

「証明できる？」会計係が言う。

「おれが証人だ」

「わたしもよ」ケイトリンも言う。

会計係はブースにもどって金庫をあけ、札束を取り出して数えはじめる。

「よかったら、金庫で預かってましょうか。あしたか、またこんど遊ぶときに出せばいいし」

「もう来るつもりはないから」あたしは言う。

会計係はむっとした顔で金を手渡す――七千ポンド以上ある。あたしはそれをコートのポケットの奥に突っこみ、階段をおりる。

用心棒はいなくなり、サングラス男やリヴィングストンやバーナムの姿も見えない。街灯は薄暗く、空気は霧で湿っぽい。

ケイトリンが外までついてくる。「車で送ろうか？　すぐそこに停めてるから」がらくたに囲まれて二台の車が停まったがら空きの駐車場を指さす。顔がよく見えない。

「こんな時間にタクシーがいるかどうか」ケイトリンはコートの襟を立てる。「このあたりじゃ無理ね」

「駅までどれくらい？」あたしは訊く。

「列車はもう走ってないよ」

なんの音もしないなか、あたしは鼻を鳴らす。

「うちに来ればいい」ケイトリンは言う。「ソファーがあるから。わたしの彼も気にしないと思う」

また沈黙がおりる。

「どうするか決めて。こんなところでぐずぐずしてたら乳首が凍っちゃう」ケイトリンはそう言って歩きだす。道路を真ん中まで渡ったところで叫ぶ。「バーナムの野郎に出くわさないことを祈ってるね」

あたしはがらんとした通りに目を向け、そんなことになったらどうしようかと思う。ケイトリンはもう車に着きそうだ。あたしは走って追いかける。ケイトリンが助手席のドアをあけ、身を乗り出して封筒やファストフードの包みを床へ払い落とす。体を起こし、ドアを押さえる。

「頭に気をつけて」

あたしはかがむ。その瞬間、自分の失敗に気づく。ケイトリンがあたしの髪をつかみ、おでこをドア枠にぶつける。跳ね返ってくると、もう一度ぶつける。脚から力が抜けて膝が折れ、あたしは横向きに倒れて頭を打つ。そして目の前が暗くなる。

39

夜が揺らいで感じられる。

わたしはポケットベルを両手で抱いて画面を見つめ、イーヴィがメッセージを送ってくることを願う……どんなメッセージでもいい。わたしのどんな点を罵ってもいい。ただ、無事であってくれさえすれば。

はじめて会ったとき、イーヴィはみんなが自分が死ねばいいと思ってる、と言っていた。そのときは、大げさに言っているのか、困難にぶつかるたびに行きづまるかだろうと思っていた。人生の三分の一を施設で過ごしてきた十代の少女が、いったいどんな脅威をもたらすというのか。

サシャ・ホープウェルの両親も同じだった——名もない邪悪な陰謀によって、自分たちの娘が家を追われ、身を隠すしかなくなったと信じている。

封筒を盗んだからといって、怒鳴ったりするんじゃなかった。冷静さを失わず、説明に耳を傾けるべきだった。頭ごなしに叱るのではなく、しっかり話し合うべきだったのに、自分はしくじった。訓練を積んできたにもかかわらず、どうすべきかわからない。まごついてばかりだ。

イーヴィの部屋を調べた。リュックサックに衣類や化粧品を入れて持ち出してはいなかった。おそらく、キャロライン・フェアファクスが裁判用に買い与えたワンピースとブーツを身につけているのだろう。

もうひとつ気づいたのは、イーヴィが寝室の壁を緑と白の縦縞に塗っていたことだ。洗濯室か物置小屋で古いペンキでも見つけたにちがいない。どうしたらこんなにまっすぐな線が描けるのか、不思議でたまらない。

わたしはまたしてもイーヴィを見誤っていた。家のなかをこっそり歩きまわって、そこらにあるものを適当にいじっているものとばかり思っていたが、実はもっと役に立つことをしていた。壁の塗装のほかにも、食品庫や洗濯室を整理し、缶や瓶をアルファベットと大きさの順に並べ替え、ラベルがすべて外から見えるように置いている。

どうすればいいのか。もしもイーヴィが橋から飛びおりたり、列車の下へ身を投げていたら？　意識不明か記憶喪失になっているかもしれない。市内の病院にいくつか電話をかけ、入院患者について尋ねてみた。つぎにすべきはもちろん警察に連絡することだが、それがどういう結果をもたらすかは明らかだ。イーヴィは脱走者としてラングフォード・ホールへ連れもどされ、ガスリーたちが厳重に留め置こうとするだろう。わたしは自分が過ちを犯したと言われてもかまわない。イーヴィを無理やり連れてきたわけではなく、本人に選ばせた。服や新しいベッド、ベジタリアン用の食べ物や朝食用の甘いシリアルも用意した。電話も買うと約束した。ふつうの暮らしと家と自由を与えると申し出た……。その一方で、あまりに考えが足りなかったことを反省している。イーヴィは傷を負い、打ちのめされ、手がつけられない。

子供のころに虐待を受けた者は、親切にされても人を信用しない。公正さも均衡もない。わたしは、イーヴィが信用してこなかったあらゆる相手の条件を満たしている。男。権威。専門家。この場に——わたしとふたりきりでこの家に——いるだけで緊張し、怯えていたはずだ。

最後に家と呼べるところでだれかと暮らしていたとき、イーヴィは性的に虐待され、隠し部屋に閉じこめられていた。虐待者に依存し、凄惨な体験で心的外傷を受けたせいで、チャンスがあっても逃げられなかった。その男を殺した者からも、警察からも、家を修繕した職人からも隠れていた。

そう理屈をつけながらも、別の考えが頭に浮かぶ。わたしはもう一度部屋を見まわす——

—塗ったばかりの壁、朽ちつつある家具、まだプラスチックのにおいがするベッド。わたしは踊り場に立って階段を見あげ、最上階へのぼりはじめる。そこは閉ざされていて、物置や空き部屋しかない。わたしはひとつひとつの部屋へはいって、明かりをつける。点灯しないところもある。

いちばん遠い部屋は屋根裏にある。幅がせまくてカーペットのない階段をのぼると、体の重みで階段がきしむ。埋めこみ式の小さな窓は蜘蛛の巣とほこりで薄黒い。祖父母の持ち物がはいった箱が、傾斜した屋根の輪郭線から軒へとつづく梁の下に積まれている。すべてが縮小版として作られているように見え、自分が巨大になった気がする。

だれかが立ち入った形跡がある。段ボール箱のほこりっぽい蓋についた指の跡。トランクを動かして、もとの場所へもどしたときについた床の汚れ。微妙な変化の数々。イーヴィがこの場所を見つけ、静寂と暗がりに包まれてそっと動きまわるさまを想像する。何を探していたのか。

部屋を出ようとしたところで、いくつかの箱が間仕切りのように積まれていて、あいだに小さな隙間があることに気づく。かがんで奥をのぞいてみると、隠れ家らしきものがある。床板にほこりよけのシートが敷いてあるのは、棘に刺されないようにするためだろう。毛布と枕もいくつかある。水のペットボトルが二本、ビスケットがひと箱、GからHのブリタニカ大百科事典。そして、ビー玉と色ガラスのコレクション。

イーヴィはここで寝ていたのだろうか。わたしのことがそんなにこわかったのか。

玄関ベルが鳴る。心が晴れる。

最上階にいるので、玄関に着くまでずいぶん時間がかかる。イーヴィが立っていると思って、ドアを引きあけるが、戸口にいるのは家族ぐるみの古い友人――いや、家族のない者の友人と呼ぶべきかもしれない。

ジミー・ヴァービッチがわたしを引き寄せて強く抱きしめる。少し長すぎて、居心地が悪い。耳に息を感じ、ひげを剃っていないのになめらかな頬が、わたしの頬にあたる。

ジミーはわたしを放す。

「ドクター・ヘイヴン」

「ヴァービッチ議員」

「お邪魔だったかな」

「いいえ、ちっとも」わたしは言うが、なぜ来たのかわからずにいる。

後ろに筋骨隆々のボディーガードがふたりいるのがわかる。仮設トイレのような体形で、高そうなスーツがずだ袋に見える。ほとんどの政治家は広報向きのスタッフか自分の右腕を連れ歩く。ジミーは筋力を優先している。

「電気がついているのが見えたものでね」

「たまたま通りかかったわけですか」

「きみは宵っ張りだろう」

ジミーはわたしの後ろの廊下へ目をやる。

「改装して、いい雰囲気になったな。古びているが味がある」

「ただ古びているだけです」

ジミーはボディーガードに外で待つよう、首の動きで合図し、イタリア製の高級靴の底をドアマットで拭く。開襟シャツとブレザーを着て、タック入りのズボンを穿いた姿は、うまく調和がとれている。ジミーのクロゼットには、垢抜けない服、色合いを考えていない服、外出にふさわしくない服が一着でもあるのだろうか。

ジミーは大富豪で、ノッティンガム市長を二期つとめ、ほかにもおびただしい数の委員会、評議会、慈善団体に名を連ねてきた。どんなときもノッティンガムに尽くし、熱心に教会に通い、慈善家、政治家であり、ヨットと飛行機を操縦する企業家でもあり、あらゆることに首や足を突っこむ。

ジミーはよく、自分は貧しい家に生まれて煤煙まみれの炭鉱の村で育ち、父親を黒肺塵症で亡くしたと誇らしげに語るが、その生活様式にも、ナイトクラブや保育所や五つ星ホテルなどを営む事業にも、労働者だったころの名残はまったく見られない。だが一般人の感覚を持ち合わせていて、立見席でサッカーのファンと気さくに話したり、シアター・ロイヤルでオペラ愛好家と歓談したりする。わたしはジミーがアイスホッケーの慈善試合でブルーラインの手前からスラップショットを決めたところや、プロ・アマ混合のゴルフ大会に出て、五番アイアンで二百ヤード飛ばしてピンから一メートル以内に寄せたのを見たことがある。

世間の人たちはジミーがハンサムだと言うが、わたしはいつもやや中性的だと感じる。なめらかな肌は卵白のように白く、茶色い瞳は潤んでいる。もう六十代前半だが、相変わらず多くの美女をエスコートして新聞の社交欄やゴシップ欄をにぎわせているものの、頑なに独身を守っている。

両親と妹たちが殺されたとき、葬儀費用を肩代わりし、わたしのために教育信託基金を設けてくれたのはジミーだった。当時、わたしとも家族とも面識はなかった。それなのに助けてくれた。わたしを不憫に思ったのだろうが、それはだれもがそうだった。しかし、前へ進み出たのがジミーだった。棺が大聖堂から運び出されるとき、ジミーはわたしの痩せこけた肩を抱いて言った。「サイラス、何か困ったら、わたしのところに来なさい。いいね？」

それからというもの、ジミーは約束をたがえず、各学校の年度末終業式や大学の卒業式に参列してくれたが、けっしてその事実を公に認めたり世間に広めたりしなかった。ほとんどの人がジミーを善人だと言い、わたしもそれに異論はないが、長年ノッティンガムの盛衰を見ているうちに、ジミーはこと信念にかけては、風向計のように揺れ動く人間だと気づいた。いつも優勢な風に従っている。

もう市長ではないものの、いまでも市議会議員をつとめ、ノッティンガム保安官という肩書きもあるが、そちらは法と秩序の番人というよりは儀礼的な役割だ。観光客を歓迎し、カメラの前でポーズをとって、ロビン・フッドの伝説を宣伝する。

「なんのご用でしょうか、議員」

「ジミーと呼んでくれ」

わたしたちはキッチンへ向かう。飲み物を勧める。ジミーは辞退し、椅子を調べてから腰をおろす。

「久しぶりだね」ジミーは言う。「いつ以来だろうと考えていた。最後に会ったのはイースターだったな」

「パーキンソン病患者支援団体の資金集めのパーティーでした」

「そうだった。元気そうだな。しっかり運動しているんじゃないか」

ジミーはちょっとした世間話の達人で、わたしはそれに付き合うが、ただ顔を見に寄っただけでないのはわかっている——何しろこの時間だ。

「ある従業員がきのう、わたしに会いにきた。きみの言動にひどく腹を立てていてね」

「わたしの？」

「信じたくなかったよ。まったくきみらしくないふるまいだから」

「だれのことですか」

「ドゥーガル・シーアンだ」

「あなたの下で働いているとは知りませんでした」

「パートタイムの運転手で、大切な従業員だ。ひどくショックを受けているよ。みんな、そうだがね。ジョディは愛らしい少女だった。情熱的で、美しかった」

「ご存じだったんですか」わたしは驚きが声に出ないように気をつけて言う。

「知らない者がいるとでも？」ジミーは口にしたあとで、いやみな言い方だったと気づいたらしい。「ドゥーガルから紹介された」話をつづける。「ときどき、ロールス・ロイスに乗せて学校でおろしてやることがあってね。とても楽しそうだった」

「スケートするのを見たことは？」

「もちろんある。わたしはスポンサーのひとりだ」

「ジョディに資金援助を？」

ジミーは肩をすくめる。「経費を払ってやったりした。ドゥーガルとマギーからとても感謝されたよ」問いかけるような目でこちらを見る。「覚えているだろうが、ご家族が亡くなったあと、きみにも同じことをした。わたしはそういう人間なんだよ、サイラス。できるだけ人の力になりたい」

ジミーは黙し、自分のことばに余韻を持たせる。善行の動機を探ろうとしたわたしに、後ろめたさを味わわせたいようだ。わたしはジミーを見つめ返せない。

「ドゥーガルは悲嘆に暮れている」ジミーは言う。「何を言えばいいのか、どうすれば苦しみを軽くしてやれるのか、見当もつかない。だが、教会できみと話したあと、マギーが泣きながら帰ってきたという話を聞いて、わたしがどれほど憂慮しているかはわかるだろう。ドゥーガルは、きみがジョディの名前に泥を塗ろうとしていると言った」

「そんなつもりはありません」

「ではどんなつもりなのか、教えてもらえないか。男が犯行を自白したんだろう。裁判を待っているらしいじゃないか」

「クレイグ・ファーリーがひとりで行動していたかどうかは不明です」

「共犯者がいると言いたいのかね」

「DNA鑑定でその可能性が浮上しました」

ジミーは髪を後ろになでつけ、口をきつくすぼめる。眉根を寄せたいのだろうが、なめらかな白い額に皺は寄らない。

「きみにはきみの仕事があるとわかっているよ、サイラス。しかし、ジョディの家族にはもう少し慎重に接してもらえないだろうか」

「わかりました」

ジミーはここでの仕事は終わったと言わんばかりに、うなずいて微笑む。それからキッチンを見まわし、さびれた様子に目を留める。

「先日、きみの噂を耳にした」窓に映る自分の姿をちらりと見て言う。「知ってのとおり、わたしは噂好きなほうじゃない」

わたしはもう少しで笑いそうになった。ジミーは冗談がうまい。

「里子を引きとったと聞いたよ」

「はい」

「なぜそんなことを?」

「本人が行き場所を必要としていたので」

ジミーはわたしの後ろへ目をやる。「ここにいるのかな」

「もう寝ています」

「そうか。すばらしいことをしたな、サイラス。いつか自分の家族を作ることもあきらめないでもらいたい。付き合っている女性は？」

「いません。あなたは？」

ジミーはお手本のように笑い、完璧な並びの白い歯をのぞかせる。「わかった、わかった。わたしには関係のないことだ。きみを気にかけているんだよ、サイラス。きみは息子も同然だ」

おおぜいの息子のひとりだろう、と言いたかったが、口にしない。ジミーには返しきれないほどの恩があり、疑念をいだく理由はどこにもない。

「イライアスに会いにいっているか」ジミーは尋ねる。

「しばらく行っていません」

「交流をつづけたほうがいい。家族なんだから」

残った唯一の家族とジミーは言いたいのだろうが、不要の助言だ。あの夜の場面を思い出さずに過ごせる日は一日もない。わたしが失ったものを。兄がわたしから奪ったものを。

わたしはジミーのあとから廊下を進んで玄関へ向かう。ボディーガードが踏み段の両端に歩哨のように立っている。

「ドゥーガル・シーアンは花火の夜もあなたのもとで仕事をしていましたか」わたしは尋ねる。

「ああ、たしかにな。毎年恒例のガイ・フォークス・ナイトのパーティーを開いていたものでね。ドゥーガルには客を家まで送ってもらった」

「本人はそのことを警察には話さなかったようですが」

ジミーはまたわたしに微笑みかける。「従業員は口が堅いにかぎる」

「ドゥーガルは何時に仕事に就きましたか」

「たしか九時ごろだ」

「お会いになりました？」

「いや」

「ロールス・ロイスを使わせたんですか」

「まさか！　レンジローバーを使うように言った。ただ飯を食いにきた酔っぱらいに、白い子牛革のシートに吐かれてはたまらない」

ジミーは両手を大きくひろげ、またわたしを抱擁する。「こんどランチを食べよう。電話するよ」

「電話は持っていません」

「ああ、そうだった。きみは変わり者だな、サイラス」

ボディーガードのひとりがゆっくり前へ歩き、通りを確認してから、ロールス・ロイス・シルバーシャドウのドアをあける。ジミーが滑りこむ。ドアが閉まる。車が音もなく走り去り、わたしは五〇年代に使われた有名な宣伝文句を思い出す。

〝時速百キロで走るこの新しいロールス・ロイスは、電気時計より大きな音を出しません〟

40　エンジェル・フェイス

目をあける。胎児のようにぎゅっとまるまって、じっと動かないまま、世界に身を置こうとする。寒さでこわばった手の指を、つぎに足の指を動かしてみる。脚と腕を曲げる。舌を動かすと、鉄みたいな味がする。血だ。脚のあいだに手を伸ばし、下着をさわってみる。だいじょうぶだ。

頭を起こすと何か硬いものにぶつかり、あたしは悲鳴をあげる。油でぎとぎとした金属が指にふれる。ここは車の下で、あたしは横たわってる。ここまで這ってきたことをぼんやりと覚えてる。どうにか息をし、体を引きずりながら車の下から出ると、空が見える。砂利とコンクリートの破片に両手を突いて立ちあがろうとするけど、いままであることすら気づかなかった体のあちこちの部分が痛い。あきらめて、静かに横になる。呼吸する。

ケイトリンといっしょに賭博場を出て、道路を渡ったのは覚えてる。ケイトリンが車のドアをあけ……あたしの頭がルーフにぶつかったんだ。いま、コートのポケットを探って、儲けたお金を探す。全部のポケットを。でも、どこにもない。

けっ！　ふざけんな！

あたしは廃棄車の下へ這いもどり、落としたのかもと思いながら探すけど、答はもうわかってる。

苦いものが喉にこみあげて吐き出したくなるけど、口のなかが乾いて唾が湧かない。この感覚はよく知ってる。みじめで、どうにもならない感じ。テリーの死体といっしょに何週間も家にいたときも、そのあとも、あたしはずっと死にたいと思ってた。自殺する計画を立て、キッチンからナイフを持ってきて、胸のなかで何かが波打ってるあたりに目星をつけた。あたしを探してる連中が近づく音が聞こえて、両手でナイフを握りしめたことも二度ある。自分にそんな勇気があるかわからなかったけど、ぜったいできると言い聞かせた。やるつもりだった。でもいざとなると、どうしても胸にナイフを突き立てられなかった。弱虫！　卑怯者！

ゆっくりと立ちあがり、よろよろしながら駐車場を進んでいくと、蔓の重みで倒れかけた鉄条網に突きあたる。網に寄りかかって荒い息をし、肋骨が折れてないかと考える。内出血は？　おでこにこぶができ、肌の下に卵がはいってるみたいだ。

お金も、スマホも、行くところもない。サイラスのことを考える。もうあたしの部屋を探りまわってるだろう。あいつのことだから、ドアをノックして、返事を待ったはずだ。服をちゃんと着てないかもしれないとか、イヤフォンで音楽を聴いてててノックの音が聞こえないかもしれないとか、心配しながら。そのあと、何か手がかりはないかとあたしの持ち物を調べる。どれくらい待って警察に連絡するだろうか？

あたしはまた体を起こし、鉄道橋へ向かっておそるおそる道路を歩きだす。街灯の光は弱々しく、汚い水みたいな色で空中に浮かんでる。トラックがごとごと音を立てて通り過ぎる。タクシーがスピードを落とす。あたしは過去からやってきただれかの気分だ——身寄りも住む家もなくて、救貧院に行くか、通りで客をとる売春婦になるしかない。別の外見で、別の人生を生きてる自分の姿を想像することもよくある。メーガン・マークルやテイラー・スウィフトみたいな有名人にもなるけど、エイミー・ワインハウスやマリリン・モンローのように悲劇で有名になることのほうが多い。

鉄道橋を半分渡ったところで汚れた煉瓦に両手を突き、自分の下を貨物列車が、最初は大きな、つぎに小さな音を立てて、世界を揺らしながら通り過ぎるのをながめる。あたしは大失敗をやらかした。お金も逃げる手段もない。行くところもない。ロンドンまではいくらかかる？　お金を盗むか、小銭を恵んでもらおうか。

バス・ターミナルはヨーク・ストリートのヴィクトリア・センターの近くにある。屋内のショッピングモールで、デパートやブティックやカフェやフードホールがはいってるけど、朝のこの時間はどこもあいてない。ターミナルのコンコースは明るく照らされて、リュックサックにもたれかかったバックパッカーや、持ち物をビニール袋に詰めこんだり手押し車に積んだりしたホームレスが、ところどころで寝てるのが見える。ロンドン行きのバスは四時半発で、そのつぎは五時発だ。九時までにロンドンに着けるだろう……十ポンドさえあれば。

あたしは女子トイレへ行き、鏡をじっくり見る。おでこのこぶはともかく、顔にあまりひどい傷はない。あざは前髪で隠せる。

女がはいってくる。鏡で目が合う。中年の女で、厚手のセーターとジーンズとキャンバス靴というでたちだ。しなびた髪は何度も染めすぎてもとの色がわからなくなってる。女は個室にはいり、鍵をかける。

「すみません」あたしは言う。「十ポンド貸してもらえませんか。母の具合が悪くて、ロンドンに行かなきゃいけないんです」

女は答えない。

「財布をなくしちゃって。盗まれたんだと思います」

「無理よ、貸せない」女は言う。

「たった十ポンドです」

「あなたが麻薬の売人かもしれないのに」

「ちがいます」

「そうね、でも証拠はないでしょう」

「売人はふつう、こんな恰好はしてません」

「じゃあ、売春婦かも」

「売春婦ならお金を借りる必要なんてないでしょ」

「ふうん、借りる気満々なのね」

「返しますから」

「はいはい、そうでしょうね」

女は便器に水を流す。個室のドアが開く。女は何かの缶を握りしめてて、それをあたしの顔に向ける。「近づいたらこれをかけるよ」エアゾールの缶を振る。

「デオドラント剤だよ、それ」あたしは言う。

「いいえ、唐辛子スプレーよ」

「メーカー名が見えるもん。〝ダヴ〟って書いてある」

女はトートバッグをしっかり胸に抱き、わたしから目をそらさずに洗面台をまわる。ジーンズのファスナーがあいたままだ。

「手を洗わなくていいの？」大声で言うけど、女はいなくなる。

あたしはコンコースにもどって、切符売り場に向かう。中年の男が新しい紙をプリンターに入れてる。

「少々お待ちを」男は言って、勢いよく蓋を閉め、ボタンを押して挿入口から紙を送りこむ。

背が低くてずんぐりした男で、制服がきつそうだ。お腹のあたりがぱつぱつで、ボタンとボタンのあいだの生地が開いて、白いランニングシャツが見えてる。

「はい、どうぞ」

「ロンドン行きの切符がほしいの」

「往復ですか」

「片道」

男は画面を見あげる。「十分後に出発する便があります。三席残っていますよ」

「一枚ちょうだい」

男はレジを打つ。「九ポンド五十セントです」

「お金がないの」

男は眉をひそめず、かわりにため息をつく。

「あたし、嘘を見抜くのがすごく得意なんだ」

「へえ、偶然だね——おれもだよ」

「ううん、ほんとうの話。試してみて」

「帰れよ」

「ほんとうのことと嘘のどっちでもいいから、何か言ってみて。嘘だったらあててみせるから」

「こっちはゲームをするためにここにいるんじゃないんだ」

あたしはレジの抽斗があいてるのに気づく。「お札を見て。こっちに見せちゃだめよ。連番の最後の数字を言って。嘘かどうかあてるから」

窓口係はあたしの後ろに目をやる。詐欺か何かじゃないかと疑ってるらしい。十ポンド札を取り出す。

「最後の数字は？」あたしは訊く。

「7だ」

「それはほんとうね。ほかに言ってみて」

「最初の数字は0」

「それは嘘」

だんだん自信がついてくる。「つぎの二問を正解したら――ロンドン行きの切符をくれる？」

窓口係は答えない。お札をしげしげと見る。「四桁目は9」

「わたしを見て言ってくれない？」

「なんだって？」

「顔を見なきゃわかんない」

「見たらどうだっていうんだ」

「9じゃない」あたしは言い、チャンスが遠ざかるのを感じる。

窓口係は鼻で大きく息をつく。「窓口から離れろ」

「なんで！　いやよ！　まちがってないのに」

「友達が先にここへ来て、あんたが連番を覚えた十ポンド札を渡したんだろう」

「友達なんていない。別のお札で試してみてよ」

「早くどかないと警察を呼ぶぞ」窓口係は電話に手を伸ばす。

あたしはまたお金を奪われた気分で、ずかずかと歩き去る。座席のだれもいない列を見つけて、膝を抱く。背中が痛いのは、ブーツで蹴られたからにちがいない。サイラスはもう警察に電話しただろう。みんなであたしを探してる。あたしはラングフォード・ホールへ送り返されるか、もっとひどいところへ行かされる。バス・ターミナルを離れたほうがいい。連中が真っ先に捜索する場所のひとつだから。

「やあ、こんにちは」声がする。

あたしはすぐに逃げられるよう身構える。若い男が笑いかけてくる。コカ・コーラの缶を二本持ってる。「喉が渇いているんじゃないかと思って」一本をこっちに差し出す。

あたしは警戒しながら、そいつが缶の蓋をあけて中身を飲むのを見る。飲むたびに喉仏が動き、まるで小さい動物が喉に囚われてるみたいだ。背が高くて痩せ形で、ひげがもみあげとつながって頬にひろがるように生えてるけど、顎の手前で力尽きたみたいに途切れてる。

「ぼくはフィリックス」男は小さくげっぷをする。「きみは？」

「聞いてどうするの？」

「いや、どうでもいい」フィリックスは笑い、欠けた前歯をのぞかせる。「きみがネフェルティティ妃でもぼくには関係ないしな」

「だれ？」

「この世に存在した最も美しい女性のひとりだよ。エジプトの王妃さ。ファラオと結婚した。ネフェルティティはそういう意味だ——絶世の美女」

「なんでそんなにエジプトにくわしいの？」

「前世で住んでたから」フィリックスは笑う。「ねえ、お腹空いてない？　通りを少し行ったところに、この時間から朝めしを食える店があるんだ。本格的なフランスの菓子パンを作ってる。パン・オ・レザンとか、パン・ショコラとか。においを嗅いだとたん、パリにいる気分になるよ」

「パリは一度も行ったことない」

「だったら、なおさら……」

あたしは缶の蓋をあける。冷たい飲み物が喉を通る感触が気持ちよく、糖分が体じゅうの血管を駆けめぐって、疲れを追い払ってくれる。あたしは少しだけ長くフィリックスの顔を見つめる。自分で鏡を見れば、ばかみたいなひげだって気づくはずなのに。

「十ポンド貸してくれない？　ロンドンへ行かなきゃいけないの」

「恋人に会いに？」

「ちがう」

「じゃあ、家族に？」

「家族はいない」

それを聞いて、フィリックスはうれしそうになる。「ただ金をやるわけにはいかないな」考えこむように言う。「自分で稼がなきゃ」

あたしは身構える。「あんたと一発やる気はないよ」

「声が大きい」フィリックスは小声で言い、後ろを振り返る。「だれも一発やろうなんて言ってないよ」

「じゃあ、何をすればいい？」

「朝めしを食べながら話そう」

「お金がないんだけど」

「だいじょうぶだ。ぼくがおごる」

41

わたしはいつの間にか疲れ果てて眠りに落ち、ぼんやりした夢に包まれる。そこでは、ジョディ・シーアンがときに池に浮かび、ときに木々のなかの空き地に半裸で横たわっている。わたしの心の目は高い場所から枝々のあいだを抜けて、徐々にジョディへ近づいていくが、顔に焦点が合うと、それが別の少女であるとわかる。

わたしは飛び起きる。呼吸ができず、悲鳴が喉につかえている。しかし、目は覚めていない。夢のなかにいる夢を見ている。イーヴィがベッドのそばでわたしの前に立っている。もう少しで手が届きそうだ。イーヴィはカードの束を持ってシャッフルし、ゲームをしようと言う。

「そっちが勝ったらひとつ質問していいよ」

「きみの本名は？」

「ほかの質問を」

「家に帰ってきてくれるか」

「家なんてどこにある？」

ベッド脇のテーブルの上でポケットベルが鳴る。あわててとろうとして床に落とし、バッテリーがはずれる。手と膝を突いて探し、部品を集めてもとどおりにする。

ロバート・ネスが電話番号を残している。わたしは服を着替えてコートをはおり、小さな商店へと歩いていく。入口のドアが耳障りな音を立て、パテル夫人がカウンターの向こうで微笑む。長い銀髪が編みあげられ、鮮やかな緑と金のサリーの背中に垂れている。

「おはようございます、ドクター・ヘイヴン」

「サイラスと呼んでください」

「ごめんなさい。毎回忘れてしまって」

「わざとでしょう」

パテル夫人はまた笑みを浮かべ、わたしにコードレス電話を手渡す。

夫に先立たれた夫人には、娘がふたりいる。ひとりはエディンバラ大学の医学部にかよっていて、もうひとりは教育修了一般試験（Aレベル）に向けて勉強中だ。この家族とは長年の付き合いだが、ソニーとビトゥがほかの子供たちのように通りで遊んでいるのは一度も見たことがない。学校に行っているか、勉強しているか、朝七時から夜遅くまで営業している店のカウンターの奥で手伝いをしているかのどれかだった。夫のパテル氏は大酒飲みだったが、十年前に心臓発作で亡くなり、そのときはせまい階段をおろすのに救急救命士四人がかりだったという。カウンターの奥にいるところはついに一度も見なかった。

わたしは電話をかける。一回目の呼び出し音でロバート・ネスが出る。

「いつ電話を買うんだ」

「なんだ、卑猥なメールでも送りつける気か」

「おもしろいな」ネスは言う。コーヒーを飲む音が聞こえる。「アメリカの研究所がジョディ・シーアンの子宮内の胎児からDNAを採取した。結果が出るにはもう二、三日かかるが、ファーリーは除外していいだろう」

「恋人にしたいタイプじゃないからな。レニーはなんと言ってる？」

「自白を無視することはできないそうだ」ネスは言う。「言いたいことはわかるよ。第二の加害者がいるかもしれないとなれば、有罪判決を引き出すのはむずかしい」

「ジョディはあの夜、事件の前に合意のうえでセックスをした可能性がある」

「ああ」

「つまり、交際相手を探し出す必要があるということだ」

「あるいは、このままにしておくか」

「こちらの読みが正しかったら？」

「さあ、どうかな」ネスは笑ってことばをつづける。「きみがジョディのロッカーで見つけたコンドームだが、そこにあった親指の完全な指紋を採取できた。コンピューターが合致する人物を見つけたよ――おじのブライアン・ウィテカーだ」

「レニーはなんと？」

「すべての男を袋詰めして水に沈めたいそうだ。もちろんきみは別だよ――お気に入りだからな」

「切るぞ！」

「どうぞ」

ネスは通話を切り、わたしはパテル夫人に電話を返す。料金を支払うと申し出るが、夫人は軽く手を振る。わたしは代わりに牛乳を一パック買う。

「この前、ご親族のかたに会いましたよ」夫人は抑揚を帯びた声で言う。

「だれに？」

「イーヴィ。とてもいい子ね。遊びにきてると言ってたけど」

「ああ」

「刷毛を洗うテレビン油を買っていきましたよ。しばらくこちらにいらっしゃるの？」

「そう長くないと思います」

「残念。あんな大きなお屋敷にひとりじゃもったいないですよ。結婚なさったらいいのに。子供も作って」

からかい半分だとわかっているので、わたしは微笑んでうなずく。

レニーが家の外にいる。車のドアをあけたまま、無線に耳を澄まし、木の枝のあいだから差す弱い日光に顔を向けている。

「だれも出なかった」レニーは言う。「新しいお客さんに会えるかもと思ったんだけど」

「まだ寝てるんだ」わたしは言い、自分の口からたやすく嘘が出てきたことに驚く。

「もう慣れたみたい？」

「ああ。元気にやってる」

レニーに打ち明けたほうがいいのはわかっている。もしかしたら、内々に調べてくれるかもしれない。そうすれば、イーヴィが意識不明で病院のベッドに横たわっているか、留置所でへこんでいるか、あるいはもっとひどい立場にあるかがわかる。だが、こんなことを秘密にしてくれとレニーに頼むわけにはいかない——フェアではないし、プロのやることでもない。それに、イーヴィはもうすぐ帰ってくるかもしれない。失踪を報告すれば、わたしの手には負えなくなる。

レニーは沈黙するわたしを当惑顔で見ている。「だいじょうぶ?」

「ああ。コーヒーが飲みたい」わたしは牛乳のパックを見せる。

「時間がないのよ」レニーは言い、助手席のドアをあける。

「どこへ行くんだ」

「サウスチャーチ・ドライブのフィッシュ・アンド・チップス店の前で、ジョディ・シーアンの姿を監視カメラがとらえてたんだけど、その映像の解像度を高めたの。ショーウィンドウに映った像から、ジョディを乗せた車のナンバープレートの一部と車種が判明した。プジョー207。かよってた学校の教師が、同じ種類の車に同じナンバープレートをつけていることがわかったの。担任のイーアン・ヘンドリクスよ」

「なぜだまっていたんだろうか」

「そうね」

レニーは車を走らせ、ギアをあげながら加速する。三人の私服刑事が乗った二台目の覆面警察車が、わたしたちの後ろにはいってくる。

「ヘンドリクスについてわかっていることは?」わたしは尋ねる。

「既婚。子供は三人。妻が四人目を妊娠中。前科なし。スピード違反の記録すらない。複数の理事が前途有望と評してる。生徒にも同僚にも人気がある」

前を走るスクールバスが車線をはずれ、ゆっくり進んでつぎのバス停で停まる。学童たちが押し合いながら乗りこむが、携帯電話から目を離さない子もいれば、イヤフォンを耳に入れたままの子もいる。

レニーはまだ話している。

「ヘンドリクスは二〇一一年にリーズ大学を卒業し、その二年後に教員になった。二〇一四年からフォーサイス・アカデミーで教えはじめ、担当教科は英語で、宗教教育のクラスも受け持ってる」

「正しい人間こそ最大の偽善者だよ」

「嘘つきは？」

「嘘つきもだ」

その二階建ての小さな家は、クッキーの抜き型のように同じ家が立ち並ぶ袋小路にある一軒だ。子供に注意するよう、車両に徐行を促す表示がある。それを証明するように環状の車道の内側は遊び場になっていて、キキョウが生い茂り、石蹴り遊び用のマス目が描かれ、オレンジのコーンやごみ箱で造った障害物コースもある。

十人以上の子供たちが外で遊んでいる。学校へ送ってもらうのを待っている子もいれば、もっと幼い子もいる。〝地域住民による監視中〟と記されたラミネート加工の大きな看板の下で、自転車や三輪車を漕いだりキックスケーターで走ったりしている。

レニーが玄関のブザーを押して、足もとに目をやる。ドアマットに〝この家の燃料はコーヒーと主イエス〟と書いてある。

女が出てくる。右の腰に赤ん坊を抱き、セーター越しに腹部のふくらみが見える。癖のある髪は短く切りすぎたらしく、ヘアクリップで留まらなかった前髪がひと房、目にかかっている。女は頬をふくらませて息を吐き、髪を目から払う。

「何かご用でしょうか」

「刑事事件を担当しているパーヴェル警部です。こちらはドクター・サイラス・ヘイヴン。ご主人はいらっしゃいますか」

女は眉間に皺を寄せる。男の子ふたりが玄関前の通路を駆けてきて、わたしたちを押しのけ、自分たちも仲間にはいろうと母親の太腿にしがみつく。どちらも学校の制服を身につけ、髪を左分けにしてきれいに梳かしつけている。

「イーアンは仕事に出かけるところです」女は言い、ちらりと上を見る。「またこんどにしていただけませんか」

「いえ、申しわけありませんが」レニーはすまなそうな口調で言う。

二階から電子キーボードの音が聞こえ、和音がロックのビートで鳴り響いている。

「キャシーです、わたしは」女は言い、わたしたちを居間へ案内して、いちばん上の男の子に父親を呼びにいかせる。男の子は階段を駆けあがる。しばらくして音楽が鳴りやむ。

「イーアンは教会でバンドの演奏をしてるんです」キャシーは言う。

「どちらの教会ですか」わたしは尋ねる。

「トレント・ヴィンヤードです」

そこなら知っている。新興の教会のひとつで、レントンの工業団地にある広々とした倉庫を使って、照明ショーやにぎやかなロック・ミュージックの演奏をおこなっている。何千もの人が毎週日曜日に集まり、主を賛美して財布の口をあける。そこでは、毎週の支払いプランで救済が買える――各種クレジットカードも有効だ。

イーアン・ヘンドリクスが妻の後ろに現れる。不安げな表情ながらも、わたしたちをあたたかく迎える。

「子供たちを学校へ送ってきます」キャシーは言い、子供たちを廊下へ追い立てて、手こずりながらコートを着せてマフラーを巻く。話しかける声が聞こえる。「パパは忙しいの。そう、警察よ……ううん、心配しなくていい」

ヘンドリクスは疲れた笑みを浮かべる。

「わたしたちを覚えていらっしゃいますか」レニーが尋ねる。

「ええ、もちろんです」ヘンドリクスは言う。「パーヴェル警部と、ええと……」指を鳴らしながら、わたしを思い出そうとする。

「サイラス・ヘイヴンです」わたしは言う。

「ああ、そうでした。臨床心理士のかたでしたね」

レニーはコートのボタンをはずし、裾をひろげながら肘掛け椅子に腰をおろす。

「車の種類を教えていただけますか、ヘンドリクスさん」

「ホンダのオデッセイです。七人乗りの」

「プジョー２０７もお持ちではありませんか」

「妻の車です」

「花火大会の夜、プジョー２０７を運転しましたか」

ヘンドリクスは言いよどむ。「正直なところ、よく覚えていません」

「花火大会には出かけましたね」

「はい、でも早めに引きあげました。トリスタンが熱を出したので、家に連れて帰ったんです」

「でもそのあと、また出かけた」

ヘンドリクスは上唇をなめようと舌を出すが、唾液が出ない。レニーがどこまでつかんでいるかを探ろうとしているらしい。

「夕食のフィッシュ・アンド・チップスを買いに出ました」

「サウスチャーチ・ドライブの店ですね」

「はい」

レニーは待つ。

ヘンドリクスは観念する。「ジョディ・シーアンにばったり会いました。店の外の歩道にいたんです。家まで送ると申し出ました。若い男がたくさんうろうろしていましたから。酔っぱらったやつもいて、騒いでいました。危険だと思ったんです」

「なぜもっと早く話してくださらなかったんですか」レニーが訊く。

ヘンドリクスは弱り果ててわたしたちの背後へ目をやろうとしている。「重要なことだとは思いませんでした。その、すでに犯人が逮捕されていて、だからわたしは……その……」

「巻きこまれたくなかった、と」

ヘンドリクスは理解を求めるようにうなずく。

「前回お話ししたとき、クレイグ・ファーリーはまだ逮捕されていませんでしたよ」レニーは言う。

「広まるとまずいと思ったんです。教師は学校の外で生徒と親しく付き合ってはいけないことになっていますから」

「〝親しく付き合う〟とは？」

「ふたりきりになるという意味です」

「でも、あなたは決まりを無視した」

「話をしていただけです」

「車内で、ふたりきりで」

「褒められたことじゃないのはわかっていますが、ジョディはほかの生徒とはちがいました。何度かわたしたちの教会に来たことがあります」

「あなたが誘った？」

「はい」

「なぜですか」

ヘンドリクスは少し間を置いて考えをまとめようとする。「ジョディが悩んでいることは知っていました。練習や遠征や競技で疲れきっていてね。パーティーに出かけることも男友達を作ることも許されませんでした」

「あなたにそう言ったんですか」

ヘンドリクスはうなずく。「主と語らえば、何か答を見つけられるかもしれないとわたしは思いました」

「ジョディを改宗させようとしていたんですね」

「わたしたちは人を改宗させようとはしません――ただ抱擁するだけです」

「ジョディを抱擁したんですか」

「そういう意味ではありません。おかしな言い方はやめてください」

「ジョディから手紙をもらったことは？」わたしは学校のジョディのロッカーにバレンタインのカードがあったことを思い出して尋ねる。

「ありません」

「バレンタインのプレゼントをもらいませんでしたか」

ヘンドリクスはだまる。

「あなたもプレゼントを贈りましたか」

「いいえ、まさか」

「女生徒がそんなふうに心を乱すのはよくあることです。あなたも、まんざらではなかったはずだ」

「何もなかったと言ってるでしょう!」

「あなたは若くて見た目もいい。そして、ジョディに関心があった。話に耳を傾けた」

「指導していただけです」

「勉強が遅れていたから?」

「はい」

「教室でも特に目をかけていた——だれより優先していた」

ヘンドリクスは首を左右に振っている。

「やがて他人にはわからない話をしたり、こっそり笑みを交わしたり、体にふれたりするようになった。あなたはジョディに、きみは特別だと言った。何かと理由を見つけてふたりきりになろうとした。自分があと十歳若ければ、などと思ったのではありませんか」

「やめろ!」ヘンドリクスは小声で言う。「わたしはクリスチャンだ」

「〝荒野の殺人鬼〟マイラ・ヒンドリーもそうでした」レニーは言う。「〝ヨークシャーの切り裂き魔〟ピーター・サトクリフも」

「ジョディがのぼせあがっていたとしても、わたしにはどうしようもありません」ヘンドリクスは言う。「わたしは彼女に霊的な助言を与えた。ただそれだけです。神に誓って」

「わざわざ神に誓う必要がありますか」わたしは尋ねる。

「ことばの綾ですよ」

ヘンドリクスは両手で頭をかかえる。頭頂部が見え、分け目のあたりにかすかにふけが浮いている。

「ジョディと寝たんですか」

「ばかな！　ありえない」ヘンドリクスの声はうわずっている。

「ジョディは妊娠をあなたに打ち明けましたか」

ヘンドリクスは勢いよく顔をあげ、恐怖で目を光らせる。「なんだって？　まさか！」

レニーが上着のポケットに手を入れ、綿棒のはいった蓋つきの小さなプラスチック管を取り出す。いっしょにゴム手袋も出す。

「ロカールの交換原理というのを聞いたことがありますか、ヘンドリクスさん」

ヘンドリクスは首を横に振る。

「犯罪者はかならず事件現場に何かを残し、現場からも何かを持ち去るという原理のことです。土、繊維、精液、皮膚の細胞、毛髪。立ち入る場所、ふれるものすべてが相互に汚染される」

レニーはプラスチック管の蓋をまわしてあける。

「何をするつもりですか」ヘンドリクスは訊く。

「DNAのサンプルを採取します。あなたの車にジョディが乗っていたことを科学が証明するでしょう。ひょっとしたらジョディの体からあなたの精液が検出されるかもしれないし、胎児があなたの子だと証明されるかもしれない」

「ばかげてる！　わたしは結婚して幸せに暮らしています。子供もいる。そんなことはぜったいに……するわけがない……。ジョディとは話をしただけです。それ以外には何もない」ヘンドリクスは哀願するかのように訴える。

「口をあけてください」

「ことわる」

「協力を拒むのですか」

「弁護士を呼んでくれ」

レニーはうんざりして息を吐く。「わたしの経験では、実直な教師は弁護士を呼ばないし、DNA検査も拒否しません。実直な教師は仕事を失うこともまずありません――生徒と寝ていないかぎりは」

ヘンドリクスはどうすべきかしばらく考えたのち、レニーに口のなかを綿棒でこすらせる。

　妻のキャシーが子供を学校に送り届け、帰ってきている。赤ん坊は色鮮やかなコートでくるまれて、手脚のついたビーチボールのように見える。外ではつなぎ服を着た男がふたり、筋状の錆がついたプジョー207を、警察のマークがドアについたトラックのスロープにウィンチで持ちあげている。

「わたしの車よ！」キャシーが叫ぶ。

「しかたがないんだ、キャシー、令状がある」ヘンドリクスが言う。

「あの子のことなんでしょう？」キャシーは言う。

「ジョディ・シーアンをご存じでしたか」わたしは尋ねる。

「うちの教会に来てました」

「花火大会のときに会いましたか」

「いいえ」

「ご主人はあの夜、あなたの車を借りてジョディ・シーアンを乗せたそうです」レニーが言う。

　キャシー・ヘンドリクスが冷たい視線を夫に向け、ふたりのあいだで何かが行き交う。

「ご主人が帰宅したのは何時でしょうか」レニーは尋ねる。

「覚えてません」

「夕食のためにフィッシュ・アンド・チップスを買いに出かけたはずですが」

キャシーは懸命に答を探す。「トリスタンが熱を出したんです。わたしたちのベッドに寝かせて、わたしもそのまま眠ってしまいました」

「ご主人はどこでおやすみになったんでしょう」

「子供部屋です」キャシーは解釈不要の表情で夫をにらみつける。

「送っていっただけだ」ヘンドリクスは言う。「まずいことだったかもしれないが、何もなかった。そんなことを……するわけが……」

キャシーは右の腰に赤ん坊をかかえなおし、こちらに背を向けて家の奥へ向かう。その最後の動作で、夫のアリバイを証明するよりも去勢するほうを選んだとわかる。

ただ……

もしかすると……

プジョーはキャシーの車だ。あの夜、ジョディを探しにいったのはキャシーで、夫がそれをかばっているのだとしたら？　キャシーは三人の子の母で、四人目を身ごもり、家族を守らなければという強い動機がある。相手は担任教師である夫にぞっこんの、美しい十代の少女だ。少しでも噂になったり、疑惑を持たれたりすれば、ジョディ・シーアンのせいで自分の完璧な人生がほころび、結婚生活がめちゃくちゃになるかもしれない。

イーアン・ヘンドリクスは玄関前の通路に立ち、プジョーのタイヤが固定されて鎖で縛られるのを見守っている。

「ジョディとただ話をしただけではありませんね。送っていったんでしょう」レニーが言う。

ヘンドリクスは返事をしない。

「どこへ送っていったの？」

「ジョディの携帯電話にメッセージが届いて、そこまで送ってくれと頼まれました」

「どこまで？」

「市内の住所で――ザ・ロープウォークの家でした」

レニーとわたしは視線を交わす。

「その家を覚えてる？」レニーは訊く。

「たぶん」

レニーは自分の車を指さす。「乗って」

「でも、仕事へ行かなくては」

「きょうは遅刻ね」

42 エンジェル・フェイス

カフェは砂糖とシナモンのにおいがする。フィリックスは無視することにして、パン・オ・レザンをふたつ食べ、ミルクがたっぷりはいったコーヒーを二杯飲み終える。フィリックスはあたしが食べてるのを見て、うれしくてたまらないみたいに笑ってる。もしかしたらこいつは飼育者で、まるまるとした雛を探し出してフォアグラ用のガチョウ並みに太らせようとしてるのかもしれない。だけど、あたしはそうじゃない。

フィリックスはずっと、いろんなものを見てどうでもいい感想を並べてる——人々、天気、はじまりかけてる渋滞、エビアンの古いペットボトルとゴム製ワイパーでフロントガラスを拭くホームレスの男。

「きみの名前は？」あたしがこぼしたパン屑を払いのけながら、フィリックスが尋ねる。

「なんで訊くの？」

「呼び名は必要だろ」

うな銀のネックレスに目が留まる。

「イーヴィ」

　フィリックスの指の関節にあるいくつかの傷跡と、毛のない胸にぶらさがってる重たそうな銀のネックレスに目が留まる。

「よし、いい出だしだ。イーヴィ、きみの望みは？」

「ロンドンへ行きたい」

「なるほど。で、そのあとは？」

「あたしの勝手でしょ」

「ああ、そりゃそうだ」フィリックスは後ろにもたれて、ふたりのあいだの椅子に足を載せる。「でも金がなきゃ――あまり遠くへは行けない。十ポンドはバス代で消えて――そのあとは？　どうやって生活するんだ。公園で寝るわけにはいかないだろ。危ないさ――女の子にとっては。いや、だれにとっても」

「仕事を見つける」

「仕事用の服なんて持ってないだろ。スマホもない。計画もない。警察に見つかって、うちへ送り帰されるぞ。帰りたくないんだろ？」

　あたしは何も言わない。フィリックスは頬を掻く。

「だれだって、ほしいものがあるんだよ、イーヴィ。いい家。新品の車。太陽のもとで過ごす休暇。愛。金」スロットマシンの回転が止まって大あたりを告げるのを待ちかまえるみたいな表情で、あたしの顔を見つめてる。「安全な場所にいたいだけってこともあるけどな。おれか？　おれがほしいのは敬意だ。それに自立。親父よりもでかいことがしたいんだよ」

「お父さんは何してんの」あたしは尋ねる。

「どうだっていいさ。きみは行くところがない。そうだろ？」

こんども、あたしは答えない。

「額のそのあざを見れば、だれかにひどい目に遭わされたのはわかる。おれはそんなことはさせない」

「あんたに守ってもらわなくてもいいんだけど」

「いや、その必要があると思う。おれのところに来たほうがいいよ。自分の部屋もベッドもあって、あったかいしな。そして二週間経ったら、ロンドン行きのバスの切符と千ポンドをあげる」

「何をすればいいの」

「おれの仕事の手伝いをしてくれ」

「どんなこと？」

「ちょっとしたお使いだ」

「ドラッグ？」

「ちがう。おれが扱ってるのは、サプリとかステロイドとかビタミン剤とか、ほかの強壮剤なんかだよ」

嘘がどんどん口から出てくる。

「ドラッグの売人でしょ」あたしは言う。

「なぜことばの意味にこだわるんだ」フィリックスは言い返す。「店で買えるものばかりじゃないのは認めるよ。だから思慮分別が必要だ」

「思慮分別？」

「秘密を守るってことさ。おれのお客には地位の高い連中がおおぜいいる――弁護士、銀行家、建築家、それに政治家もね。支払いに遅れることも口を割ることもない」

「あたしは何をすればいいの」

「品物を運んでもらいたい。タクシー代は払うし、スマホも渡す。歳はいくつだ」

「十七」

「よし」

「なんで？」

「未成年だからだよ。それなら、警察に捕まっても起訴されないか、まだ子供だからって判事が釈放してくれるはずだ」

「逮捕されたくない」

「されないよ、おれが請け合う」

また嘘だ。

「すぐに決めなくてもいいさ。おれのところに来いよ。部屋を見てみてくれ。体を洗って、少し眠るといい。あすになっても興味が持てなかったら、千ポンドやるよ。恨みっこなしだ」

こいつが真実を語ることはあるんだろうか。

フィリックスは話しながら歩きつづけて、あたしを立体駐車場へ連れていき、障碍者用のスペースに停めてあった四輪駆動のレクサスのロックを解除する。助手席のドアをあけるけど、あたしはフィリックスがそこを離れるまで乗りこまない。何枚もの駐車違反切符が足もとにまるまってて、まわりにソフトドリンクの空き缶やファストフードの包み紙や広告チラシが散らばってる。

「シートはあたためてある。温度も調節できるよ」フィリックスは言い、こちらへ手を伸ばして教えようとする。あたしは体を引いて、両手のこぶしを握りしめる。

「はい、はい。わかったよ。で、だれにやられたんだ」

「話したくない」

「好きにしろ」

フィリックスは運転の腕であたしを感心させようと、車の列へ割りこんでは抜け、信号を無視しては遅い車をあおる。

「バス乗り場で女の子たちにしょっちゅう声をかけてるの？」あたしは尋ねる。

「勧誘するにはいい場所だよ」

「あたしはボランティアじゃない」

「もちろん、ちがうさ。ちゃんと雇う。でも、最初に見つけたのがおれで運がよかったな。パキスタン人とかバングラデシュ人だったかもしれないんだ。あいつらは、ひとりでうろうろしてるか家出中の子を狙う。たいてい白人の女の子だ。まずハンバーガーをおごって、つぎにドラッグと酒を与える。気づいたときにはベッドに縛りつけられ、バーミンガムまで連れまわされて、親戚一同に犯される羽目になる！」

こんどは嘘じゃない。

〈コーチ・ハウス・イン〉という壊れた看板の掛かった、ひどくおんぼろな建物の前で車が停まる。ぼろぼろの旗が竿の先ではためき、鉄条網には〝不法侵入者は訴追します〟という注意書きが掲げられている。

「たしかに、見た目はよくない」フィリックスが言う。「けど、本は表紙じゃ判断できないって言うだろ？」

あたしは表紙だけで判断できるけど、と心のなかでつぶやく。

フィリックスが身をかがめて金網の隙間をくぐり、波状の鉄板を引きあげると、建物の状態からすれば場ちがいなキーパッドつきのドアが現れる。

フィリックスは体を盾にしてキーパッドを覆いながら暗証番号を打ちこむけど、あたしには見える。4、9、5、2、だ。

「ここに住んでるの？」

「いや、所有してるだけだ」

「ここにはだれが住んでるの？」

「きみみたいな子たちさ」

壊れた家具や割れた天井タイルの散らばった玄関広間へはいる。あちこちの壁が落書きや、スプレーで描かれた男と女の〝部品〟だらけだ。人間だか動物だかが隅で排便したらしく、そのにおいで吐き気がこみあげる。廊下は三方向へ延びてる。そのうちの一本をフィリックスに連れられて進むにつれ、不快なにおいは薄まっていく。フィリックスがドアを足で突いてあける。

「この部屋でどうかな」

あたしは中をのぞきこむ。ワット数の低い電球がかすかに影を落としてる。部屋は傷んでるけど小ざっぱりして、ベッド、ナイトテーブル、机、椅子が置いてある。カーペットには煙草の焦げ跡が点々とついてて、ベッドカバーには色褪せた緑に黄色の斑点模様がある——いや、模様であってほしい。これまで何千人がここで寝泊まりして、マットレスの上で哀れな物語が展開されたんだろうか。交わる肉体、まだあたたかい死体、孤独な旅人、観光客、浮気をする既婚者、外交販売員、そして虐待されて子供を抱きながら泣き疲れて眠る妻。

隣のバスルームにはトイレ、洗面台、シャワーがついてる。建物の裏に面したカーテンをあけると、錆だらけの車体やゆがんだ金属の山で満たされた解体業者の作業場が見える。別の金網の向こうにあるのは、金属製の輸送用コンテナが何列も並ぶ工場だ。

あたしはバスルームの床に積み重なった服を見おろす。破れたジーンズ、安っぽいブラウス、銀色のスパンコールをたっぷりあしらったミッキーマウスの上着。

「ここはだれの部屋?」

「住んでた子は出てったよ」

「なんで荷物が置きっぱなしなの？」

フィリックスは肩をすくめる。「金を渡しすぎたからかな。おれから盗んだのかも」服の山を見やる。「着ていいぞ」

わたしはかぶりを振る。

「好きにしろ」フィリックスは服をかかえて、廊下へほうり投げる。

「帰ってきたの？」甲高い声が響いたのち、痩せ細った子供っぽい女が部屋へ飛びこんできて、フィリックスに抱きつく。フィリックスは女を受け止めるけど、勢いで後ろへ一歩さがる。女は両脚をフィリックスの腰に、両腕を首に巻きつけてる。ジーンズにブラという恰好だ。女がキスをしようとするけれど、フィリックスは顔をそむける。「息がくさい」

「寝てたんだもん」

そこではじめて、子供っぽい女はあたしに気づく。「この子、何しにきたの」

「イーヴィだ」

「もうだれも呼ばれないって言ってたのに」

「呼ばない、だろ」フィリックスが正す。

子供っぽい女は、黒くふちどられたくぼんだ目でにらむ。崩れかけた頭蓋骨みたいな顔だ。十二歳から三十歳までなら、何歳にも見える。ジーンズのウェストから鋭い腰骨が突き出てるけど、目立った胸のふくらみはない。

「キーリーだ」フィリックスが言う。

「あたしたち、付き合ってるの」キーリーがフィリックスにしがみついて言う。両腕にいくつかあざがあり、首にはもっとある。

「お土産、持ってきてくれた？」泣きつくような声で言う。「あなたのいとしい人はお薬がほしいの」

「あとでな」フィリックスはそっけなく言う。「客がいるんだから」

「約束したのに」

「あとでと言ったろ！」

フィリックスがこぶしをあげると思ったのか、キーリーは体を離す。フィリックスは手をポケットに突っこんで、まるめた札束を取り出し、そこから二十ポンド札を何枚か抜く。

「何か食べ物を買ってきてくれ。それと、イーヴィに歯ブラシも」

「なんであたしが？」

「おれがやさしく頼んでるからだ」

キーリーはここを離れたくないらしい。フィリックスが視線を送ると、しぶしぶ従って、こっちをにらみつけながら出ていく。あたしはフィリックスのポケットのなかのお金について、ずっと考えてる。

フィリックスはその場でゆっくり一回転する。「やっぱり家がいちばんだな。たいしたことはないけど、道端で寝るよりはずっといい。さっぱりしたけりゃ、シャワーが使える。キッチンはないけど、キーリーの部屋に電子レンジがある。それか、テイクアウトだな」

「これからどこへ行くの?」あたしは尋ねる。

「愛するママに会いにいくんだ」

「お金を稼げるって言ったよね」

「ああ、そうだけど、まだ早すぎる。受け渡しはたいてい夜なんだ」

「それまで何してればいい?」

「ひと眠りするんだな。ひどい顔してるぞ」

うまく言い返してやりたいけど、疲れきってて何も思いつかない。

フィリックスが言ったことには嘘もあったけど、それはみんなと同じだってことだ――信用しちゃいけない。いまのあたしには、ほとんど選べない。泊まれる場所と、やりなおすためのお金がどうしても必要で、いまはこれしかないんだから。

43

レニーがスピーカー機能を使って、エドガー部長刑事にジョディ・シーアンの使い捨て携帯電話について尋ねている。

「花火の会場には何千という人がいて、そのほとんどが携帯電話を持っていたんですよ」エドガーが言う。「干し草の山から一本の針を探すようなものだ」

「これが手がかりになるかもしれない」レニーは言う。「あの月曜の夜、ジョディはフィッシュ・アンド・チップスの店の外でイーアン・ヘンドリクスの車に乗りこんだ。ヘンドリクスは九時半にザ・ロープウォークにある家で彼女をおろしたと主張してる。その地域で発せられた信号を調べれば、ジョディが使ってた電話を特定できるはずよ」

「ザ・ロープウォークなんかで何をしていたんでしょうか」エドガーは問う。

「その話はまたあとで。いまちょうど向かってるから」

通話が終わり、レニーは標識に従って中心街のほうへ車を走らせる。イーアン・ヘンドリクスは後部座席でおとなしくしていたが、ザ・ロープウォークへ近づくにつれて落ち着きを失っていく。ザ・ロープウォークは豪奢なヴィクトリア様式の建物が立ち並ぶ上流階級向けの一角だったが、その多くが集合住宅か、会計士や事務弁護士用のオフィスに改装されている。個人の住宅として残っているのはごくわずかで、丹念に修復されたその家々は、鯨骨入りのコルセット姿の女性やフロックコート姿の男性を乗せて馬車が敷石の上を軽快に走っていた時代を髣髴させる。

「あそこです」ヘンドリクスが座席のあいだから身を乗り出して言う。

アイシングで覆われたウェディングケーキのようなクリーム色の豪邸の前で車を停める。

「まちがいない？」レニーが念を押す。

「はい。門の前でおろすと、ジョディは私道を脇の戸口へ向かって歩いていきました。屋敷はどこも明かりがついていて――パーティーでも開いているようでした。ずらりと車が停まってましたよ」

「この家は知ってる」わたしは言って、ふたりを驚かせる。「ジミー・ヴァービッチの家だ」

「市長の！」レニーは言う。

「いまは市議会議員で、ノッティンガム保安官でもある」

まるで見えざる手に押しつぶされているかのように、レニーの額に皺が寄る。「どうしてジョディ・シーアンがここへ？」

「父親がジミーの運転手をしているんだ」

「あの父親、供述ではそんなことをひとことも言ってなかった」

レニーは車をおりて、後ろを走っていた刑事たちに合図を送る。

「ミスター・ヘンドリクスを職場へお連れして」

教師はレニーの車をおりて、別の警察車に乗りこむ。レニーはまだ言いたいことがある様子だ。

「もうだいじょうぶだと思わないでください、ミスター・ヘンドリクス。殺人事件の捜査に情報を提供しなかったとして罪に問われる可能性はまだありますからね」

「わたしは車で送っただけです。嘘じゃない」

ヘンドリクスの乗った車が走り去る。レニーとわたしは歩道に立ったままだ。レニーは振り返り、鉄の門の向こうの豪邸をじっと見てつぶやく。「ジミー・ヴァービッチ」

「話を聞きにいくだけだろう？」わたしは不穏な空気を感じとって言う。

「ヴァービッチ議員と警察本部長は大の仲よしよ。週末はいっしょにゴルフやサケ釣りに出かける。ひょっとしたら、妻を交換して楽しんでるかも」

「ジミーは結婚してない」

「言いたいことはわかるでしょう？」

だれかが盗み聞きしていたかのように門が突然動きだし、チェーンに引っ張られながらスライドして開く。メルセデスのスポーツカーが角を曲がって近づき、私道へはいっていく。運転席に見えるのは若い女で、大きなサングラスをかけて、首にゆったりとスカーフを巻いている。

わたしたちはメルセデスのあとを追って、閉まりかける門を抜け、屋敷の前で車が停まるのを見守る。白いリンネル地に包まれた優美な脚が一本ずつ車から姿を現す。足もとは危なっかしいハイヒールだ。女は車内へ身をかがめ、光沢のある紙の買い物袋を手に持つ。ルイ・ヴィトンとカルティエだ。わたしたちの足音を耳にし、女は上体を起こしてサングラスを額にかける。二十代半ば、背が高く細身で、顔つきは高慢そうだ。女は微笑む。

「サイラス・ヘイヴンね」

「どうしてご存じなんですか」

「ジミーがいつもあなたのことを話してるから。書斎にあなたの写真があるのよ」

「で、あなたは？」

「スカーレット」手を差し出す。わたしが手にキスをしたがっていると言わんばかりのしぐさだ。表情はほとんど読みとれない。たしかに美しいが、どことなく平板で、画像編集ソフトやエアブラシで加工や修正をされたファッション雑誌に載っていそうな顔だ。

「議員はご在宅ですか」わたしは尋ねる。

「そのはずよ」

呼ばれたかのようにジミーが現れ、アーチ型の屋根のついた大理石の階段をゆっくり駆けおりてくる。

わたしを抱きしめて微笑む。「サイラス！　これは意外だ、びっくりだよ」

〝意外〟や〝びっくり〟ということばの裏には、招いていない、予告もなしに、という意味がひそんでいる。

わたしはジミーをレニーに紹介する。

「ええ、存じていますよ、パーヴェル警部。ジョディ・シーアンの事件の捜査責任者だ。お手柄ですね――あんなに早く犯人を逮捕できるとは。警察本部長へ直接電話をして、祝いのことばを伝えましたよ」

自慢しているのか？

ジミーはスカーレットの腰に手をまわして抱き寄せる。「またわたしの金を使っているのか」

「来週はあなたのお母さまの誕生日よ。忘れてたでしょうけど」

「ああ、そのとおりだ」ジミーは笑いながら言う。「スカーレットはわたしの個人秘書であり、有能な部下であり、歩くファイロファックスでもある」

「ファイロファックスって？」スカーレットが尋ねる。

ジミーはまた笑って「昔の事務用品だよ」と言ったが、スカーレットはそれに腹を立てたらしい。家のなかへ向かうスカーレットの腰の動きと、ヒールを鳴らしながら階段をのぼる足どりから、それが感じとれる。

「スカーレットとはどこで出会ったんですか」わたしは尋ねる。

「妹が紹介してくれたんだ。ジェネヴィーヴに会ったことはあるか」

「いいえ」

「マンチェスターで人材派遣会社を経営している」

「モデルの事務所では？」

「たしかに、スカーレットはなかなか魅力的な女だ」ジミーはいたずらっぽく笑う。「サイラス、たしかにわたしはいっしょに食事でもしようと言ったが、それでも事前に連絡のひとつくらいできただろう」

「仕事でお邪魔しました」レニーが口をはさむ。「殺された日の夜、ジョディ・シーアンがこの家を訪れていたとの情報を入手したもので」

「この家を?」

「はい」

「だれがそんなことを言ったんだ」

「それはお教えできません」

ジミーはわたしを見て、助けを求める。笑みが顔の筋肉の動きに合わせてゆっくり崩れていく。まだ親しみやすさは残っているが、威圧感がまさっている。

「疑うようで申しわけないが、パーヴェル警部、これはわたしの顔に泥を塗ろうとするお粗末な企てに思えますね。ノッティンガムシャー警察がそんな罠に引っかかるわけはないと思いたいものだ。政治の世界にいれば、卑劣な言動や悪意のある噂話には慣れる」

わずかに残っていたあたたかみが消えた。

「あの夜はお祝い事があったそうですね」張りつめた空気を和らげようとして、わたしは言う。

「ガイ・フォークス・デーのパーティーだよ。毎年開いている。招待客のリストにジョディ・シーアンの名前はなかったと断言するよ」

「どれくらい人が集まったのですか」レニーが尋ねる。

「二百人だが、もっといた気がするな」

「パーティーにだれが来ていたか、すべて把握していらっしゃいますか」

「まさか。無料のバーがあいていると、取り巻き連中やただ酒を飲みにくるやつらも現れる」

「でも、招待客のリストはお持ちですね」

ジミーは苦笑いする。「中にはかなりの著名人もいる。ばかげた調査のために警察に尋問されることをよく思わないだろう」

「少女がレイプされて、殺されたんですよ」

「そして、すでに自白した者がいる」ジミーは手のひらを上に向ける。「なんのためにこんなことを？　犯人を逮捕し、記者会見も開いて、賞賛を浴びたのに」

「事件までのジョディの行動に空白があるんです」

「空白か。なるほど。もし、政治がわたしに教えてくれたことがあるとしたら、それは、空白とは誤った情報によっていともたやすく埋められるということだ。特に、いくつもの無害な情報をごちゃ混ぜにして、罪のない人々を傷つけるのが大好きなメディアの手によってね」

ジミーが〝フェイクニュース〟について語りだすのではないかと心配になるが、さいわい、そこで話すのをやめる。レニーはこちらを一瞥して、わたしの考えを察する。

「あそこのドアはどこへつながっているんですか」わたしは屋敷の横側を指さして尋ねる。

「キッチンだ」

「管理しているのはだれですか」

「ロウィーナという家政婦だが、あの夜はケータリング業者を頼んだよ。地元のね」

スカーレットがゆったりしたトップスと色落ちしたジーンズに着替えて、家のなかから出てくる。果物のスムージーらしきものを入れた背の高いグラスを持っていて、サングラスはかけたままだ。

「パーティーの日の夜、ジョディ・シーアンを見かけましたか」わたしは尋ねる。

「だれを？」

「殺された女の子だよ」ジミーが言う。

「ドゥーガルの娘です」

それを聞いて、ジミーは何時間も頭を悩ませていた謎が解けたかのような顔をする。

「そうか！　ドゥーガルは勤務中だったんだ。ジョディは父親を探しにきたにちがいない」レニーの顔、それからわたしの顔を見て、わたしたちが同意するのを待つ。

「なんのためだと思いますか」わたしは尋ねる。

「家まで送ってもらいたかったんだろう」

わたしはスカーレットをじっと見つめる。どこかから記憶を引っ張り出しているところらしい。

「キッチンのほうの入口に来た子がいた。ケータリング業者のひとりがわたしをつかまえて教えてくれたの。女の子が、パーティー会場にいるだれかを探してるって。名前は明かさず、その場でメッセージが来るのを待つって言い張ったのよ。わたしは帰るように言った」

「彼女に会ったんですか」

「いいえ。業者にそう伝えてもらったの」

ジミーは急に確信が持てなくなり、苛立ちのこもった声をあげる。「そのときの目撃者はだれなんだ」疑わしげに尋ねる。

「ジョディをここへ送り届けた人間が、彼女が門からはいるのを見かけました」レニーは答えて、ジミーの反応を注視する。「念のためお尋ねしますが、最後にジョディ・シーアンに会ったのはいつですか」

「あの夜ではない」

「いつです」

「数週間前だ。ジョディの後援者になってもらいたいと、ドゥーガルから頼まれてね。何度か旅費を援助してやったんだ。数千ポンドずつ」

「お金のやりとりはどうやって？」レニーはさらに訊く。

「直接ドゥーガルに渡したよ。だがジョディには、もし何か必要になったらいつでもわたしのところへ来なさいと伝えた」

その台詞が胸の奥で反響する。ジミーは、わたしの両親と妹たちの棺が大聖堂から運び出されるのを見ながら、わたしに同じ約束をした。ジミーに下心はなかった。そういう人だ。

「ドゥーガル・シーアンはきょうも働いていますか」レニーが尋ねる。

ジミーは車を四台収容できる車庫のほうを見やる。扉のうちふたつがあいている。

「悲しみに暮れる父親をどうか苦しめないでやってくれ」

「ご協力ありがとうございます、議員」レニーは言う。

ジミーはレニーの礼のことばに応えようとするが、目はわたしからそらさない。予告もなくこの家の戸口まで警察の人間を連れてきた責任がわたしにあると考えているのだ。

「連絡をくれるべきだった」レニーに聞こえないところでつぶやく。

「携帯電話を持っていないんですよ」

薄暗くて肌寒い車庫へはいると、ドゥーガルはそこでレンジローバーを磨いている。車庫はワックスとガラスクリーナーのにおいがする。ドゥーガルは布切れを振ってひろげ、額に軽くあててから、服を汚さないためにつけているビニールのエプロンのポケットへ押しこむ。

レニーが話しかける。前回ほどの礼儀正しさはない。

「ジョディが失踪した夜にヴァービッチ議員のもとで働いていたことを、どうして言わなかったんですか」

「運転の仕事をしたとは言ったよ——同じようなものだ。人を拾って、おろすんだから」

「あの夜、ジョディを見かけましたか」

「いや」

「でも、彼女はここに来ていました」わたしは言う。

ドゥーガルはほんとうに驚いた顔をする。

「ジョディは九時過ぎに門の前で車をおりています」

「なぜ娘がここへ来るんだ」ドゥーガルが訊く。

「あなたならそれがわかると思ったんですが」

ドゥーガルはレニーとわたしを交互に見る。「ジミーは娘を見たのか」

「ヴァービッチ議員はあの夜ジョディを見かけた覚えがないそうです」

ドゥーガルの左手がかすかに震えているのが見てとれる。病の徴候などではない。どう反応すべきか、何を言うべきかわからないのだ。

「ジョディはあなたがどこで働いているか知っていましたか」レニーが尋ねる。

「どうだろう。たぶん知ってたろう」

「ここへ来たことはありますか」

「一度か二度あった。よく覚えてない」

「鑑識の者にここの車を調べさせたら、ジョディのDNAが見つかる可能性はありますか」

ドゥーガルは足もとへ目をやる。崖のふちに立っていて、飛びおりるべきかどうかわからないような顔だ。「シルバーシャドウに乗ったことがある」

「ジミーといっしょに?」

「ああ。スケートの練習のあとに拾って、学校まで送った」

レニーはそのロールス・ロイスのまわりを歩いている。両手で目のまわりを囲んで、ひとつひとつの窓をのぞきこみ、わざとガラスに汚れをつけていく。

「ヴァービッチ議員のもとで、ほかにどんな仕事を？」レニーは尋ねる。

「どういう意味だ」

「使いを頼まれたことは？」

「ああ、たまにある」

「だれかを乗せたりは？」

「もちろん」

「麻薬は？」

「なんの話をしてるんだかわからん」

「どうしてジョディはプリケーを持っていたんでしょう」

「何をだって？」

「プリペイド携帯。使い捨ての携帯電話ですよ」レニーは説明する。「予備のSIMカードと隠し金も本人のロッカーから見つかっています——スパイやテロリストや麻薬の売人並みの持ち物です」

ドゥーガルの目の奥に、赤く輝く光がともった。炎がゆらめき、燃えつづけている。はじめは何か重要なことを言おうとしているように見えたが、小さくきびしい声で吐き捨てる。

「うちのジョディはレイプされて、殺されたんだ。暗く冷たい場所に取り残されて、ひとりで死んだ。死体保管所で大切な娘の姿を見るより恐ろしいことなんてないと思ってたが、それはまちがいだったよ。いまのほうがよっぽど恐ろしい。おまえらはまぎれもない極悪人だ」

44

「どう思った？」チックタックを何粒か手のひらへ出しながら、レニーが尋ねる。容器を振って、わたしにも勧める。わたしはことわる。

わたしたちはまだ、ジミー・ヴァービッチの屋敷の前に停めた覆面警察車のなかにいる。老夫婦がゆっくりと通り過ぎていく。夫はジマーの歩行器で体を支えながら進み、妻は交差点ごとに立ち止まって夫を待つ。

「ジョディは父親を探しにきたわけじゃなかった」わたしは言う。

「そうね」

「何かを届けるか、受けとるために来たんだ」

「つづけて」

「フィリックス・シーアンについてはどれくらい知ってる？」

「彼にはアリバイがある」

「不十分だけどね。あの夜どこで過ごしたかは確認できていない」

レニーは両手のひらの付け根で目をこする。

「フィリックスに前科はある？」

「成人してからはない」

「その前は？」

「未成年者の記録は非公開なの」

「イエスと受けとっておくよ」

レニーはまちがいなく何かを知っているけれど、口には出さない。それであらためて自分が警察のために働いていることを思い出すが、わたしはクラブの一員ではない。レニーとはちがって、世界を善と悪に峻別する戦士に必要とされる確固たる信念は持ち合わせていない。

レニーがイグニッションのほうへ手を伸ばしたとき、視界の隅で何かが動くのがわかる。電動の門が開きつつある。ほどなく黒塗りのタクシーが現れ、加速しながら通り過ぎていく。急いだ様子のドゥーガル・シーアンが運転席にいる。

レニーはためらうことなく車を発進させて、あとを追う。こういうこと――だれかの尾行――に関しては、わたしより巧みだ。赤信号につかまったり、タクシーのミラーに映ったりせずに、最適の距離を保ちつつ進んでいく。

ふたりともしばらく無言だが、フィリックスについてのわたしの質問がレニーの頭のなかをめぐっている。

「どうして未成年者の記録は非公開なのか知ってる?」レニーが尋ねる。

「更生と社会復帰を支援するためだ」わたしは答える。

「そのとおりよ。若い子たちに犯罪者の烙印を押してずっと苦しめるようなことをしてはいけないの。彼らには二度目のチャンスを与えられる権利がある」

「それには賛成だ」

「フィリックスはシャーウッドの森でおこなわれた夏の音楽フェスティバルで逮捕されたの。少量のクリスタル・メスとエクスタシーを所持してるところを麻薬探知犬に見つかってね。当時十四歳で、未成年だから訴追されなかったけど、十中八九、地元のギャングのための使いをしてたんでしょう」

「いまもそいつらとつるんでいるのか」

「分別がないままならね。一月から刺傷事件が三件起こってて、どれも未解決のままなの。マンチェスターから流れてきてるモス・サイド・ブラッドというグループがあるんだけど、あいつらはほんとうに危険よ。たいがいのギャングは地元から離れたところで商売をする。

そのほうが競争相手の注意を引きにくいし、地元の警察に知られる可能性も低いからね。新たな地域に進出するときは、まずは拠点となる場所を探す——ふつうは空き家や荒れ果てた建物を占拠するけど、薬物中毒者や精神疾患をかかえてる弱者を狙って仲間に引き入れ、彼らの家に転がりこむこともある。連中はその手口を〝カッコウ〟と呼んでるのよ。市場が形になったら、売人の勧誘をはじめる。たいていは駅やゲームセンターやスケートボード場をまわって、ひとりでうろついてる子や隅っこにいる子を探すの。家庭が崩壊してるとか、学校でうまくいってない子たちね。酒や煙草やコンピューターゲームを与えることもある。それでジャンキーになる子もいるし、女の子たちは無理やりセックスを教えこまれる」

フィリックスのあとを尾けたとき、駅や職業紹介所に行き着いたことをわたしは思い出す。まだ麻薬の密売にかかわっているのなら、ジョディのロッカーにあった携帯電話や金の説明がつく。妹を売人として使うような危険を冒すだろうか。

メイド・マリアン・ウェイを進み、ブロードマーシュ・ショッピングセンターの前を通り過ぎて、カナル・ストリートからA六一二号線にはいる。ノッティンガムのはずれまで来ると、タクシーは〝ノッティンガム競馬場方面〟と書かれた環状交差点の出口でおりる。また右へ曲がると、すぐそばに川が流れていて、トレント・ベイスンと呼ばれる新興住宅街が目の前に現れる。点々と並ぶクレーンが空に向かって伸びていて、巨大な広告掲示板が〝川沿いの高級住宅地〟と謳っている。

建物の車寄せでタクシーが急停止する。ドゥーガル・シーアンが車を跳びおりて入口へ向かい、もどかしげにインターフォンのボタンを突く。ガラスのドアのロックが解除され、ドゥーガルは階段をのぼっていく。閉まりかけたドアをレニーが足で押さえ、ドゥーガルを追ってすばやく駆けあがる。十歩以上遅れてわたしも走り、何階にいるのかわからなくなる。

あいているドアの前へたどり着いて、部屋にはいる。そこは間仕切りのない広々とした居間で、床から天井の高さまである窓々から川が見渡せる。怒鳴り合う声が聞こえる。

「何をしたんだ！」ドゥーガルが叫ぶ。

「やめて！　何もしてない！　放せよ！」

「怪我をさせちゃだめ！」女が訴える。

バスルームにいるらしい。

「なぜジョディがあそこにいたんだ！」ドゥーガルが問いつめる。

「なんのことかわからないよ」

「警察よ！」レニーが声をあげ、体を回転させてバスルームへ乗りこむ。

ドゥーガル・シーアンはフィリックスに覆いかぶさるようにして、息子の髪をつかみ、顔を便器へ突っこんでいる。洗浄ボタンを押して、水を流す。水がフィリックスの頭の上まで飛び出し、床にこぼれる。

「死んじゃう！　死んじゃう！」マギー・シーアンが叫び、夫にやめるよう請う。

ドゥーガルはまたボタンを押す。フィリックスは息ができない。脚が痙攣している。

レニーがドゥーガルの膝の裏を思いきり蹴って、ひざまずかせる。腕をねじあげて背中へまわし、顔を白いタイルへ押しつける。フィリックスは転がりながら便器から離れ、岸に打ちあげられた魚のように口を開閉している。歯が血でピンクに染まり、髪から水滴がしたたり落ちる。

マギーがひざまずいて、ブラウスが濡れるのもかまわず息子を抱きしめる。フィリックスは母親を押しのけ、どうにか上体を起こしてバスタブにもたれる。上半身は裸で胸がへこみ、ゆるいジーンズが尻からずり落ちて割れ目が見えている。

「これはどういうこと？」レニーが問いただす。

フィリックスは大きく弛緩した口をぬぐう。「あいつに訊いてくれ」

ドゥーガルの顔はタイルにしっかりと押しつけられたままで、唇がゆがんでいる。「家族の問題だ」低い声でつぶやく。

「ジョディにかかわることですか」

ふたりの男は答えない。レニーはマギーを見る。「説明してください」

怯えているのか、何も知らないのか、マギーは答えられない。

沈黙がひろがり、レニーは返答を強いることができないと気づく。

「三人とも逮捕したいところだけど」吐き捨てるように言って、ドゥーガルを放す。ドゥーガルは肩をこすり、敵意をむき出しにしてレニーをにらみつける。「おふたりは帰ってけっこうです。フィリックスに話があります」レニーは言う。

「おれたちのいないところじゃ息子と話させない」ドゥーガルは言い張る。

「話せますよ。十八歳を過ぎていますから」レニーはフィリックスを見る。「パパやママに手を握っててもらいたい?」

「弁護士を呼ぶ」

「どうぞ、どうぞ」レニーは言う。「署で待ってもらってかまわない。うちの留置場はことそっくり——設備は整って、家具もそろっているし、気分屋のジャンキーやろくでなしもいっしょに過ごす。それはもう、くつろげるでしょうよ」そこで口を閉じて、タオルで手を拭く。「もうひとつの道は、わたしにいま話すことね——珍しい手立てだけど、あなたはまだ逮捕されていないから……いまのところは」

レニーは顔をあげてドゥーガルを見る。「まだいたんですか」

「こいつはおれの息子だ」

「溺れさせようとしたのに」

「この子が何をしたんです」マギーが尋ねる。「ジョディのことですか？」

「お引きとりください、ミセス・シーアン。二度は言いません」

夫婦がエレベーターを待ちながら、小さくも険しい声で言い合うのが聞こえる。

「でも、あの子が何をしたって？」

「何もしてない」

「何かあるはずよ」

「おまえはだまってろ！」

フィリックスはタオルで髪を拭く。半裸のまま居間へ歩いていき、ガラスの引き戸をあけて、バルコニーのテーブルにあった煙草の箱を手にとる。そこから一本抜き出し、手首にあてて両端を軽く叩く――煙草にフィルターがつけられる前からある気どったしぐさだ。

そこからは街の南側と、西はレディ・ベイ・ブリッジまで見渡せる。

「いい部屋だな」わたしは言って部屋を見まわし、薄型テレビ、ゲーム機、高価な音響システムに目を留める。「きみのか」

「友達の代わりに管理してるんだ」

「友達の名前は？」

「ジョン・スミス」

フィリックスは煙草に火をつけて、煙を吸いこむ。革張りのソファーへ勢いよくすわりこんで、脚をひろげる。つぎに何が起こるかを知っているらしい。

レニーは肘掛け椅子に腰をおろす。「どうしてお父さんはあなたに腹を立てていたの？」

「白物と色物だよ」

「なんですって？」

フィリックスはにやりと笑う。「赤い靴下を白物といっしょに洗っちまってね。それでママのお気に入りのブラウスがだめになった」

レニーの目はなんの感情も浮かべていない。「わたしはあなたよりずっとお通じがいいのよ」

わたしはあいているガラスの引き戸のそばに立って、川の向こうの〝ザ・フック〟と呼ばれる自然保護区をながめている。何エーカーにも渡って森林地帯がひろがり、野草地や果樹園に囲まれている。

「ヴァービッチ議員を知っているか」わたしは尋ねる。

「市長じゃないの？」

「前は市長だった」

「そいつがどうしたって？」

「きみの顧客なのか」

「会ったこともない」

「お父さんが運転手として働いてるでしょう」レニーが言う。

フィリックスは不快なにおいを感じたかのように、鼻に皺を寄せる。

「ヴァービッチ議員に訊いたら——あなたを知ってると答えるかしら」

こんどはフィリックスも間を置いてどう答えるべきか思案する。

「会ったことはあるかもしれない。仕事柄、いろんな人と会うから」

「どんな仕事をしているんだ」わたしは尋ねる。

「言ったろ——物を売買してるんだ」

「特に何を扱っている」

「骨董品が多い」

「この部屋に骨董品は見あたらないけど」レニーは言う。

「おれの好みじゃない」フィリックスは言う。「でも、年寄り連中はみんな古いものが好きなんだ。あんたの親だって、よくそう言うだろ?」

レニーはその手は食わない。「商売はうまくいってるんでしょうね」

「まあまあかな」

「警察が調べたところ、ジョディの学校のロッカーに六千ポンドはいってたの。妹がそれをどうやって手に入れたか知ってる?」

「さあね」

「部屋を見てまわってもいい?」

「令状は持ってる?」

「あなたの許可がもらえればじゅうぶん」

フィリックスは両腕をひろげる。「好きなだけどうぞ」

素人ではないので危ないものをこの部屋に置いていないのはまちがいないが、それでもじっくり見てまわるのは悪くない——フィリックスについていろいろわかるからだ。ガラスのコーヒーテーブルに置いてあるブラックベリーの携帯電話にわたしは注目する。犯罪組織が好んで使うメーカーで、軍事レベルの暗号化技術のおかげで、警察にデータを見られたり、メッセージを傍受されたりする心配がほとんどない。

「ジョディは失踪した夜、ある携帯電話を使っていた」わたしはブラックベリーから目を離さずに言う。「いつも持ち歩いているやつじゃなくて、別の安い使い捨て携帯だったらしい。警察がその携帯電話を特定するのは時間の問題だ。じきにメッセージも通話記録も見ることができる」

「ジョディの足どりも追えるでしょうね」レニーはわたしの意図に気づいて付け加える。「フィリックス、自分のデータは暗号化されているからだいじょうぶだと思ってるでしょうけど、信号を隠すことはできないのよ。どの電話もそれぞれに信号を発していて、それが最寄りの携帯電話の基地局へ送信されてるの。つまり、あなたがどこにいたのかをわたしたちは知ることができる――どの家、パブ、駐車場にいたのか……どの女の子といっしょにいたのかも。仕事の会合も全部よ」

フィリックスはだまりこむ。煙草を吸って吐き、煙に目をしばたたく。視線は下方をさまよい、ブラックベリーに向けられる。突然ブラックベリーに飛びかかってつかみ、腕を後ろに引いて、バルコニーの向こうにある川のほうへほうり投げる。わたしはそれと同時にガラスの引き戸を動かす。引き戸がサッシの上を滑って閉まると、ブラックベリーはガラスにぶつかって音を立て、わたしの足もとに着地する。わたしはそれを拾う。

「返せよ」フィリックスが言う。

「証拠を廃棄するのは犯罪よ」レニーは言い、わたしからブラックベリーを受けとってポケットへ滑りこませる。

フィリックスは不安げになる。「令状が要るはずだ」

「すぐ手に入れる」

フィリックスの変わりようをわたしは観察する。威圧的な態度をとりたいようだが、痩せた男のご多分に漏れず、どんなにがんばって鷹揚にかまえようとしても、父親のように毛深くてのんびり歩く大男がたやすくまとう威厳が具わらない。

「ジョディは売人だったの？」レニーは尋ねる。

「ノーコメント」フィリックスは答える。

「妹が妊娠してることは知ってた？」

こんどはフィリックスもためらいがちに屈する。「二、三週間前におれのところへ来て、妊娠したって言った」

「父親はだれ？」

「言わなかった」

「尋ねたの？」

また腕をひろげて肩をすくめる。

「ジョディはなんて？」

「ママとパパには知られたくないって。ママは取り乱すだろうからな。泣いたり祈ったり」

「ジョディは何かを手に入れたがってたはずよ」

「金さ」

「どうして？」

「中絶するためじゃないかな」

「妊娠中絶は無料よ――どうしてお金が必要だったの？」

「手術をノッティンガムで受けたくなかったんだ。知り合いが多すぎるからな。ロンドンへ行くつもりだって言ってた」

「それで六千ポンド渡したってわけ――ずいぶん気前がいいのね」

「盗んだんだよ、おれから。家じゅうにちょっとずつ現金を隠してあるからな、緊急のときのために」

「なぜ取り返さなかったの？」

　フィリックスは答えない。

「妹に脅されていたんだな」わたしは言う。

また沈黙。フィリックスは親指の爪を歯にはさんで端をかじる。

「ジョディが失踪した夜、ザ・ロープウォークの家へ妹を行かせた？」レニーが言う。

「ノーコメントだ」

「イエスと受けとっておく。だれ宛の届け物だったの？」

フィリックスは笑う。「おれをばかだと思ってんだろ」

「それは事実よ」レニーは言う。「問題は――どれくらいばかなのかってこと」

わたしは話をジョディにもどしたくて言う。「ジョディはいつロンドンへ行く予定だったんだ」

「それは言わなかった。一泊ぶんの荷物をここへ持ってきて、空いてる部屋に置いてったんだ。出発するときに取りにくるって言ってたよ」

「その荷物はいまどこ？」レニーが尋ねる。

フィリックスは寝室のひとつを顎で示す。

「見てもいいかな」わたしは訊く。

フィリックスの表情が変わり、顔に計算高い笑みがひろがる。「電話を返してくれないかな」

レニーが駆け引きをしているのがわかる。

「もしあなたの言ったことが全部ほんとうなら、返してあげる。でも嘘だとわかったら、酔っぱらったおばさんみたいにダンスフロアであなたを追いかけまわす」

フィリックスは満足げに笑う。

寝室へはいり、わたしはクロゼットをあけて、ステンシルで刷られたアイススケートのイギリス代表の記章がついた小さなスーツケースを引っ張り出す。レニーは使い捨て手袋をわたしに投げてから、自分もはめる。いちばん大きいジッパーをあけると、まず服が出てくる――下着、トップス、セーター一枚、スカート二枚、ジーンズ一本。耳あてのついた毛糸の帽子もある。ふたつのポーチもはいっていて、中身はジョディの洗面用具と化粧品だ。その下に、噛まれて耳がくたくたで、目がひとつしかないウサギのぬいぐるみが見つかる。ジョディは葉酸の錠剤を飲み、『赤ちゃんの産み方と育て方』という本を読んでいた。

「なぜスーツケースに荷物を詰めたのか」わたしはつぶやく。思わず声に出している。

「ロンドンへ行くつもりだったからよ」レニーは言う。

「電車でたった二時間の距離だぞ。泊まる必要もない。ネスによると、ジョディは妊娠十一週目で、人工妊娠中絶を受けるのにまだ時間の余裕があった。薬を飲んで、数日後にまたもらうという方法もあったのに」

わたしはもう一度スーツケースの中身に目をやる——服、化粧品、ビタミン剤、子供のころから大切にしてきたぬいぐるみ。突然、答がわかる。

「ジョディは中絶しようとしていたんじゃない——家出するつもりだったんだ」

45

タズミン・ウィテカーが制服を着たまま玄関へやってくる。チェーン越しにのぞけるくらいにドアをあけて、まぶしげに目を細める。粉砂糖が上唇いっぱいについている。

「いま両親はいません」

「きみに用があって来たんだよ」

タズミンの顔を影がよぎる。

「ジョディのことで話がしたいんだ」

タズミンは両手でドアを押さえたまま、左へ首をひねって後ろを見る。

「だれなんだ、タズ」中から声が響く。

「警察の人」タズミンが答える。

「わたしは警察じゃない」

エイデンがタズミンを押しのけて、ドアをさらに大きくあける。スウェットパンツを穿き、細身の体に大きめのサッカー用のシャツを着ている。ふたりは兄妹に見えない。エイデンは美のビュッフェで最初に選ぶ権利を与えられて、まつ毛と頬骨と白く透きとおった肌を手に入れたらしいが、タズミンは残り物でどうにかするしかなかったかのようだ。

「なんの用ですか」エイデンが言う。

「タズミンから話を聞きたいと思ってね」

「もう聞いたはずですけど」

「まだいくつか質問があるんだ」

エイデンはそのことばに嚙みつくように言う。「大人の同席なしに妹と話すことはできませんよ」

「正式な事情聴取じゃないんだ」わたしは答える。「けど、きみは規則をよく知っているようだな」

「ケンブリッジで法律を学ぶ予定なんで」

「たしか来年からだったな」

「ええ、まあ、よけいなお世話ですけど」エイデンは喧嘩腰で言う。

「そうだろうね」わたしは返す。「いい弁護士になるよ」

エイデンは冗談ではないかと疑っている。タズミンがあいだに割ってはいる。「ベビーシッターは必要ありません」

「ふたりいっしょに話をしてくれてもいいよ」わたしは言う。

エイデンはしぶしぶ同意する。ドアが耳障りな音を立ててわたしの後ろで閉まる。キッチンテーブルはミシンと黄色い布の切れ端でいっぱいなので、居間で話すことにする。

「追悼式のために、ママがあたしのコートに飾りつけをしてくれてるんです」タズミンが説明する。「黄色がジョディの好きな色だったから」

「追悼式はいつ？」

「あさってです。お茶を淹れましょうか」言い方が母親にそっくりだ。

「いや、けっこうだ」

エイデンは携帯電話をチェックしてから妹の隣にすわる。タズミンはソファーの端に腰かけていて、これからわたしが就職の面接でもするかのようだ。小さなサルのぬいぐるみを膝に載せているので、幼く見える。

「それは特別なぬいぐるみ？」わたしは尋ねる。

「ジョディがこの前のグース・フェアでとってくれたんです。ボールを五つ、輪に入れなくちゃいけないゲームでね。あたしはひとつも入れられなかったけど」

「昔から仲がよかったんだね」

「小学校もフォーサイス・アカデミーもダンス教室もスケートも全部いっしょで、休みの日はふたりで出かけたりしてました」

「きみもスケートをやるのかな」

「いいえ。スケートするときのあたしはカバの赤ちゃんみたいだって、パパが言うから」

声に後悔の響きはない。

「ジョディはどのくらいここへ来たんだろう」わたしは手をひろげながら尋ねる。

「しょっちゅうです。あたしたち、姉妹みたいでした」また母親に似た話し方だ。

「来るのは放課後？」

「はい。エイデンがよく宿題を手伝ってました」

確認のためにエイデンを見やる。「学校をよく休んでたから」携帯電話から顔をあげずに、エイデンは説明する。「数学を手伝いましたよ」

「回数はどのくらい？」

「週に二回」

「提案したのはだれ？」

「マギーおばさんが母に頼んで、母がぼくに言いました」

「お金は？」

「はい？」

「もらってたのかな……お金を」

「ええ」

またしだまりこむ。タズミンは自分の話ではないからか、退屈しはじめていて、膝に置いたサルの両腕をねじってはもどして遊んでいる。

「ジョディのスケート仲間の何人かと話したんだけど、それによると、ジョディは怪我や頭痛を理由にフィギュアスケートをやめたがっていたらしい。きみたちにも何か言っていただろうか」

「それを聞いたら、父はものすごく怒ったと思います」エイデンが言う。

わたしはタズミンが答えるのを待つ。タズミンは学校用の靴の磨り減った爪先を見つめながら、足を前後に揺らしている。

「聞いてません」ささやき声で答えるが、どうやら嘘のようだ。

「ジョディをうらやましく思ったことはある？」

タズミンはその質問に驚いたようだが、ためらわずに答える。「いつもです」

「どうして？」

「いつも話の中心にいるのはジョディだったから。くしゃみをしたり鼻をすすったり転んだりしただけで、みんな大騒ぎでジョディのもとに駆けつけて、お医者さんを呼んだりティッシュを渡したり。ジョディはなんてすばらしいんだ、なんて美しいんだ、なんて才能のある子だって……」

「それは言いすぎだ」エイデンが言う。

「お兄ちゃんに何がわかるの」タズミンは言い放つ。「みんな、お兄ちゃんに対してもそうだった。お兄ちゃんはみんなの人気者（ゴールデン・チャイルド）で、あたしはゴールデン・レトリバー」

「だまれ、タズ」

「お兄ちゃんこそ、だまってよ！」

わたしはさえぎって尋ねる。「ジョディには秘密の恋人がいたのかな？　年上の」

「いたら、どうなんですか」

「彼女のことをしっかり知りたいだけだよ」

タズミンは鼻柱を掻いているが、目は嫉妬でも退屈でもない何かをひそかに伝えている。

「ときどき、マギーおばさんにはあたしのところに泊まると言って、ほんとうは出かけたり、ほかのことをしたりしました」

「ほかのことって？」

「作り話はやめろ」エイデンが言う。

「作り話なんかじゃない。ジョディはよく夜になると抜け出して、みんなが起きる前に帰ってきたのよ。練習に遅れるんじゃないかって、あたしはいつも心配してたけど、ばれたことは一度もなかった」

「どこへ出かけていたか、知ってるかな」わたしは尋ねる。

タズミンは首を横に振る。

「それはいつはじまったんだろうか」

「夏休みになってから」

わたしはエイデンへ顔を向ける。「きみは知っていた?」

「ぼくはいとこです。ベビーシッターじゃない」

「ジョディがこっそり出入りしていたのにも気づかなかったと?」

「ぼくはここで寝泊まりしてないんで」そう言って、小さな卵形のトレーラーハウスが裏の柵に面して停まっている庭を指し示す。一本の電源ケーブルが芝生を横切って、トレーラーハウスまで延びている。

「ジョディはどうやって出入りしていたのかな」わたしは問いかける。

「あたしがテラスの引き戸の鍵をあけっ放しにしといたんです」タズミンが答える。

「失踪した夜はどうだったんだろう——あの夜もあけっ放しに?」

タズミンはうつむいて下唇を噛む。歯があたっているところが白くなる。

「あの夜は忘れたと？」

「いえ」涙が下のまつ毛にしがみつき、大きくなってからこぼれ落ちる。「仕返しをしたかったんです。ジョディが花火の会場にあたしを置き去りにして……いっしょに連れてってくれなかったから」

「おまえは何も知らなかったんだ」エイデンは言って、妹の肩に腕をまわす。

「あたしが鍵をあけておけば、ジョディは歩いて帰ろうとしなかったはず。そうすれば、あんな……」

タズミンはそこでことばに詰まり、エイデンはどう慰めるべきか途方に暮れる。

鍵が差しこまれる音がして、玄関のドアが勢いよく開く。ブライアンとフェリシティのウィテカー夫妻が食料品のはいった袋を持って廊下を歩いてくる。車内ではじまったらしい口論のつづきをしている。それが唐突にやむ。

「ここで何をしてるんですか」目に怒りの火花を散らしてブライアンが言う。

「エイデンとタズミンから話を聞いています」

「親の許可もなく」

「エイデンは成人です」

食料品が床へ乱暴におろされる。「われわれのいないところで子供たちと話をしないでくれ。あれこれと吹きこんでもらっては困る」

「そんなことはしていません」

全員が立っているので、居間がせまく感じられる。フェリシティがエイデンのそばへ行って、腰に手を添える。母親が最初に駆け寄ったのが兄のほうだったことで、タズミンはまちがいなく怒っている。

「ジョディは妊娠していて、家出をするつもりでした」わたしは説明する。「タズミンなら何か話を聞いていたんじゃないかと考えたんです」

「娘が故意にそのことを隠していたと?」ブライアンが言う。

「ちがいます」

「でも、そういうことでしょう」

「もういいから、ブライアン」フェリシティが言う。「そこまでにして」

「こいつはぼくがジョディにセクハラをしたと言ったんだぞ」

タズミンが吐く真似をして、エイデンが冷やかすように笑う。ブライアン・ウィテカーの怒りを募らせているのはなんだろう――わたしの存在か、子供たちの反応か。ブライアンはけっして大きくない体を奮い立たせて、急にわたしに飛びかかろうとする。

フェリシティがあいだにはいって夫を押しやり、わたしに帰るよう警告する。

わたしは上着のポケットから名刺を取り出して、エイデンとタズミンに手渡す。

「住所とポケットベルの番号だ。何か思い出したら——連絡してくれ」

「あんたはお呼びじゃない」ブライアンは声を荒らげる。「二度と来るな」

小道にたどり着く前に、フェリシティがわたしに追いつく。目にかかった髪を払って、潤んだ瞳をまたたく。

「わたしたち家族がジョディを傷つけるようなことをしたとお考えなら、ドクター・ヘイヴン、あなたはわたしたちを誤解なさっています」

46 エンジェル・フェイス

ピザは届いたころにはもう冷めてる。一枚だけ食べて、残りはキーリーに譲る。キーリーは大きな音を立てて頬張り、チーズを口から垂らしてる。ひと口食べるごとに、冷蔵庫にあったロゼワインをコーディアルみたいにがぶ飲みする。食べたものはどこへ行くの？　痩せっぽちなのに。

午後のうちに、ウーバーの運転手が服のはいったビニール袋をふたつ、あたし宛に届けてきた——スエードのミニスカート、赤のタイツ、ショーツ、靴下、ピーターパン襟のぴっちりした白のブラウスなんかで、どれも新品だ。ショーツは黒のレースで、ものすごく小さい。Tバックなんて穿いたことがない。ラングフォード・ホールで女の子たちに支給されるのは、マーク＆スペンサーで買ったおばあちゃん向けパンツと、ぜんぜんサイズが合わないスポーツブラだ。

キーリーが鼻に皺を寄せながら、新しい服を一枚ずつたしかめる。何かがついてると思ってるのか、親指と人差し指でつまんでる。気に入ったのはエナメル革のショートブーツだけだ。

ベッドに腰かけて、あたしがシャワーを終えて出てくるのを待ってる。

「あんた、どこから来たの」シャワーを浴びながら、あたしは尋ねる。

「なんで知りたいんだよ」

「どうでもいいけど」

少し間がある。「シェフィールド」

「家族は？」

「あたしとママと、父親のちがう弟がふたり。もう二歳と四歳になってるかな」

「会ったことは？」

「ない」

「なんで？」

「義理の父親のせい」

その答にくわしい説明は要らない。ラングフォード・ホールには、親が離婚して新しいパートナーに追い出された女の子がゆうに十人はいる。雄のライオンがほかの群れを乗っとるのと似てる。そいつは子ライオンたちを殺すか追い出すかして、自分の後裔のために邪魔者を取り除く。〝後裔〟は一日一単語で覚えたことばのひとつで、子孫や子供って意味だ。血はお情けよりも濃い。

シャワーを止めてタオルへ手を伸ばしたとき、鏡に映る憎たらしい自分の姿が目にはいる。肋骨のあたりのあざはまわりが黄色く、真ん中が濃い紫になってる。さわると痛い。

タオルを体に巻いてバスルームから出て、別のタオルで髪を拭く。

「フィリックスはどこに住んでるの」

キーリーは肩をすくめる。

「行ったことはある?」

「ない」

「でも、あいつの女なんでしょ」

目に炎がともる。「それ、どういう意味?」

「意味なんかない」

「あんたの意見は胸にしまって、フィリックスには手を出さないで」

あたしは服を着はじめる。キーリーはあたしの下の毛の茂みを盗み見て、あざけるように鼻で笑う。

「何?」

「その毛」

あたしは恥ずかしくなって後ろを向き、スカートを太腿に滑らせる。着替えを終えてから、思いきって鏡をのぞきこみ、自分の変わりっぷりに驚く。以前は新しい服が用意された——ワンピースもジャンパースカートもレオタードもパーティー用のドレスも。幼く見えるのもあれば、大人びて見えるのもあったけど、自分にぴったりだと思えるものはひとつもなかった。

どこかのドアがあいて、荒れ果てた建物にいくつかの声が響き渡る。

「来た」キーリーが言う。

「だれが？」

「いまにわかる」

訪問者は居間にいる——二十代の黒人がふたりと、痩せこけた中年の女だ。女は腰布を巻いてサンダルを履き、どこかあたたかいところで休暇を楽しんでるような恰好だ。

黒人のひとり、チューバという男は、頭のあちこちを小麦畑のミステリーサークルみたいな輪の形に剃ってる。連れのほうは肌の色がちょっと明るいけど、気持ち悪いぐらい太ってる。本人はランボーと呼んでもらいたがってるのに、チューバはこう言う。「そりゃあ、いい名前だな、ケヴ」

「別にランボーって名乗ってもいいだろ」ケヴが反論する。顎が何重にもなってて、宇宙から見えるくらい目立つオレンジのジャージを脂肪の塊が突き破りそうだ。

「名乗るならスター・ロードにしろよ」チューバが言う。「それかハルクだ」

「うるせえ！」

中年の女はふたりの言い合いを無視して、煙草に火をつける。あたしがいるのに気づいたふうではなく、スマホに集中しながら、爪を研ぐような感じで端を嚙んでる。

あたしは自己紹介をする。女は聞き流す。

「カーラのことはほっとけ」チューバが言う。「人付き合いが悪いんだ」

「この女、ブードゥー教の司祭なんだぜ」ケヴは言って〈アイ・プット・ア・スペル・オン・ユー〉を歌いだし、ハリー・ポッターみたいに両腕を振りまわす。

フィリックスが六缶パックのビールをふたつ持ってやってくる。シャワーを浴びて着替え、夜の外出のために高価なジーンズとブランド物のシャツでめかしこんでる。チューバやケヴと肩をぶつけ合い、こぶしを突き合う気どった挨拶を交わす。キーリーがそこへ覆いかぶさって、猫みたいに耳もとで喉を鳴らす。

カーラがスマホから目を離して言う。「妹さん、気の毒だね」声は煙草かアルコールか、あるいはその両方でかすれてる。

「ほんとにな」チューバがそれに合わせる。「ひでえ話だ」

「ずっとテレビに映ってるぜ」ケヴが言う。「ジョディやおまえの家族の写真が」

　フィリックスは何も言わない。

「妹さん、どうしたの」少し警戒気味にあたしは尋ねる。

「なんでもない」フィリックスは言う。

「殺された女の子なの？」

「話すつもりはない」

　ひどくぶっきらぼうな返事なので、あたしは訊きたい気持ちを抑えこむ。

　ケヴがすわって脚をひろげ、ソファーを占領する。チューバはテレビでぽん引きの役をやってるやつみたいに、手脚をぶらぶらさせながらふんぞり返って歩きつづける。カーラはもう一本煙草に火をつけ、フィルターがつぶれそうになるまで勢いよく吸いこむ。

「この子はここで何してんの」言いながら、血のついた爪をこっちに向かって突き出す。

「新しく連れてきた子だ」

「麻薬捜査官じゃないって、なんでわかんのよ」

「麻薬捜査官に見えるか？」フィリックスは言い返す。

「どこで見つけてきたのさ」

「バス乗り場だよ」

「なんだ、よかった！　なら、たしかに麻薬捜査官じゃないね」

辛辣な物言いにフィリックスは苛立つ。「匿名断酒会(AA)のミーティングであんたを見かけたけど、そっちこそ麻薬捜査官じゃないのか」

　カーラは口を閉じるが、不満げだ。フィリックスはあたしに部屋の外で待つよう言う。

別にかまわない。部屋の雰囲気も会話の流れも好きになれなかった。だれも嘘はついてないけど、ジョディ・シーアンの名前が出たとたん空気が変わったのがわかった。

　サイラスはジョディに兄がいるとは言わなかった。クレイグ・ファーリーの取り調べの記録にも、名前はなかった。でも、そのフィリックスがここにいて、ビタミン剤だかステロイドだかなんだかの配達を仕切ってる。びっくりだ。なぜかはわからない。殺人事件の被害者の家族は清く正しくなきゃいけないわけじゃない。ときどき、その逆のこともある。

　あたしは薄暗い廊下でドアに耳を押しあて、くぐもった声を聴く。中のやつらがくつろいでビールをあけてからは、はっきり聞こえてくる。

「ふらふらしてる子を拾うのはやめなよ」カーラが言う。「危険すぎる」

「あの子は未成年で、家出中なんだ。だれかにひどい目に遭わされたらしい」フィリックスが答える。

「わたしたちの名前も見かけも知ってる」

「ここに長くはいないさ」

「よかった」キーリーが言う。「あたし、あの子好きじゃない」

「みんな、だまれ」フィリックスは怒った声で言う。「仕事をさせる前にちゃんと身元を調べる。それでいいだろ？」

「今夜は働くのか」チューバが言う。「それとも、ただ駄弁るだけか」

「しばらく配達はしないつもりだ」フィリックスは言う。「きょう警察の連中がうちに来たんだ。やつらは何も知らないけど、ちょっとおとなしくしてよう」

「どれくらい？」ケヴが尋ねる。

「ほとぼりが冷めるまで」

「いくつか、払わなくちゃいけないんだけど」カーラが不満げに言う。

「というより、クスリのためだろ」ケヴが返す。

さらにケヴが「あんたはほんと、お上品だからな」と言うので、カーラは言い返す。

「そっちは役立たずのでぶだけどね」

「犯人は捕まったと思ったんだが」チューバが言う。

「ああ、けど警察がまだ嗅ぎまわってるんだ。一週間休もう――長くても十日だ」

「で、わたしたちはどうしろと？」

「休みをとればいい。あたたかいところへ行ってな。ぴったりの服を着てるじゃないか」

「客のほうはどうする？」チューバが訊く。

「再開するときに値引きを申し出よう」

あたしはドアから離れ、自分を抱きしめるようにして体を震わせるけど、寒いからじゃない。この連中のだれも信用できないからだ。キーリーからピザの金を奪って、ロンドン行きのバスに乗ればよかった。サイラスのところへ帰ればよかった。ラングフォード・ホールへ送り返されるにしても、ずっと出られないわけじゃないし。何をこわがってるの？これまで生きてきて、たいていいつもどこかに閉じこめられてたのに。ただただ待ちながら。


会合が終わる。チューバとケヴがいっしょに出てきて、廊下を笑い声と巨体で満たす。カーラはあたしを無視して通り過ぎ、立ちこめる煙草の煙のなかへ消えていく。キーリーはフィリックスに抱きついて、服を着たまま素股だかオナニーだかをしようとしてる。フィリックスはキーリーを押しやってポケットに手を入れると、小さなビニール袋を取り出して、それを太腿に軽く叩きつけてからキーリーに渡す。

「さあ、出てってくれ。忙しいんだ」

キーリーは軽蔑と憎しみの入り混じった目であたしを見るけど、目の奥には妙なむなしさもある。もう心は建物を離れてるらしい。

あいてるドアの前でぼんやりしてると、フィリックスが中ですわれと言う。フィリックスは上開きの冷蔵庫からビールをもう一本出して、カウンターのへりに栓を引っかけ、こぶしで瓶を叩いてあける。

「一本どうだ」

あたしはかぶりを振る。「何かを運ぶ仕事をするんだと思ってたけど」

「今夜はない」

「でも、お金が」

「落ち着けって。金はそのうち手にはいる」

フィリックスはステレオの電源を入れ、エレクトロポップの曲をかけて音量をあげる。ベースが強すぎて体のなかまで振動が伝わる。

「どんな音楽が好きなんだ」フィリックスが尋ねる。

「これじゃないやつ」

フィリックスは笑い、尻につぶされて生地が薄くなった染みだらけのソファーに腰をおろす。指先でビールをつかんだまま、ポケットから小さいガラスのパイプを引っ張り出す。

妊娠検査薬みたいに片方の先が球になってるのを見て、あたしはラングフォード・ホールでの科学の授業を思い出す。ブンゼンバーナーとフラスコふたつを使い、塩水を蒸留して真水にする実験をしたんだった。

フィリックスは太腿のポケットからビニール袋をもうひとつ取り出して目の前に持ちあげ、中の岩塩みたいな小さい粒をじっと見つめる。その結晶をいくらか指でつまんで、ガラスのパイプに入れると、球の底へ落ちていく。安っぽいライターをポケットから出し、火をつけてガラスの底をあぶると、ぱちぱちという小さな音が部屋にひろがる。脱脂綿に負けないほど白い煙がパイプのなかに現れる。フィリックスはそれを肺の奥まで吸いこみ、頬をふくらませて頭をゆっくり後ろへ倒す。同じように白い煙が唇の隙間からゆっくり漏れ、口の端があがって変な笑い顔になる。まるで化学反応みたいに——原因と結果があって——目が恍惚としてくる。

フィリックスがパイプを差し出す。あたしはかぶりを振る。

「肩の力を抜けって。だいじょうぶだから」

「ビールにする」

フィリックスは冷蔵庫からビールを取り出し、こちらに背を向けて栓を抜く。あたしはまだ、ガラスのパイプと、球のなかの黒くなった結晶をじっと見てる。マリファナを吸ったことはあるけど、こういうのはない。試してもいいかも。何か害がある？　これまで生きてきて、ピクニックみたいだったわけじゃない。その反対だ。疑問ばっかりで、答はなし。ほんとに、クソみたいな人生。

カウンセラーやセラピストからは、現実を受け入れろとずっと言われてきたけど、理由はだれも説明してくれなかった。苦しみと悲しみがたっぷり詰まったこの世界で、なぜ〝現実を受け入れ〟なきゃいけないの？　現実を変えることだってできるのに。だから、みんなの変身願望をかなえるテレビ番組があんなに人気があるんだ――ああいう番組は、別人になりたいとか、退屈で薄っぺらい人生をもっといいものに変えたいとか、人々のそんな強い願いを食い物にしてる。逃げたいとか、否定したいとか、忘れたいとか……。

フィリックスが栓を抜いたビールを渡してくる。あたしは先っぽを袖で拭いてから、一気に飲む。口いっぱいに含んで、喉を潤す。最後の一滴が舌に落ちるまで飲みつづける。新しいビールが冷蔵庫から出される。こんどは膝のあいだにはさみ、もっとゆっくり、と自分に言い聞かせて飲む。

フィリックスはパイプを手にとって、親指で火をつける。吸いこむと、煙が渦を巻きながらガラスの管をのぼっていく。

フィリックスはパイプをこっちへ差し出し、ライターを逆さに持つ。

「こわがらなくていい。気を楽にするんだ。流れに身をまかせろ」

あたしは前かがみになって、口をあける。

「ドラゴンに乗ってる気分さ」フィリックスは言う。「雲の上で酒を飲むみたいでもある」

胃がのた打ちはじめ、部屋じゅうの壁が急にふくらんだり縮んだりする。

何か盛ったんだ。飲み物に何か入れられた。ルーフィとかデートレイプドラッグとか、そういうもののことは知ってたけど、考えもしなかった……考えなきゃいけなかったのに……。なんてばかなの！　ほんとにばか！

フィリックスが何か言ってる。表情が少しずつ変わって、ハロウィンのマスクや怪物の顔になっていく気がする。口も、歯も。目なんて、いくつもついてる。

「何を入れたの？」あたしはそうつぶやくけど、自分の声と思えない。いつの間に音楽が変わったんだろう。

フィリックスに引っ張りあげられて、あたしはよろめく。フィリックスは抱き止めて、片方の腕を腰にまわす。あたしは横になりたいと言おうとするけど、舌がもつれてことばにならない。フィリックスはあたしの体を支えて歩きだし、鍵を探しながら廊下を進んでいく。ドアがあいて寝室が現れる。ベッド、カメラ、三脚……。

マットレスへ仰向けに寝かされ、そのまま体をまるめて眠りたいのに、まぶしい光がまぶたを突き抜ける。フィリックスが両手であたしの顔をはさんでキスをする。舌が口のなかにはいってきて、息はアンモニアのにおいがする。わたしは吐きそうになって顔をそむけ、フィリックスの肩をつかんで押しのけようとするけど、太腿のあいだに膝を押しこまれて無理やり脚を開かされる。フィリックスの爪が皮膚を引っ掻き、服地を引っ張って、失くしたお金を探すように体の上を這いまわる。やめてと頼むけど、声にならない。

フィリックスはゆっくりと背中を反らし、ズボンのボタンをはずす。あたしの頭をつかんで、耳の下の柔らかいところに両手の親指を押しつけながら、自分のほうへ導く。あたしは理解する。抵抗する。フィリックスの指を引っ張って、許しだか憐れみだかを求めるけど、憐れみというのがどういうことか、自分でもわからない。これがあたしの人生。これがあたし。ずっとそうだった。こういう人間。利用されて。虐待されて。愛されなくて。愛される価値がない。

胃が痙攣して、中身があふれ出る。

フィリックスはのけぞって、甲高い叫びをあげる。

「最悪だぜ！」

両腕をひろげ、シャツについたどろどろのチーズとピザ生地を見おろす。

「百ポンドもしたんだぞ」

バスルームへ行ってシャツを脱ぎ、水を流して手でこする。

逃げなきゃいけないのはわかってる。立とうとしても倒れる。腹這いになって進み、廊下へ着いたところで、胃に残ってたものを全部カーペットへ吐き出す。

立ちあがって、よろめきながら廊下を歩く。体が左右に揺れ、両側の壁に何度もぶつかる。大きく息を吸って、集中しようとする。

背後で蛇口の栓が閉まる音がして、明かりがこちらまで漏れてくる。

「おい！　どこへ行くんだよ」

明かりの消えた出口の標識までたどり着く。鉄の棒を押しさげて、肩でドアを押しあけ、よろめきながら短い階段のところまで進む。フィリックスはすぐ後ろにいて、こちらへ手を伸ばし、あたしの顔を引っつかんで口をふさごうとする。煉瓦の壁にあたしを叩きつけたところで、親指が口にふれる。あたしはそれを力いっぱい嚙み、皮膚が裂けて骨まで届いたのを感じる。フィリックスは悪態をついて手を放す。あたしはブーツを履いた足をあげて、すねを蹴りつける。

「このサイコパス女！」フィリックスはわめく。

あたしは逃げる。走る。ひんやりした空気で生き返る。スカートが脱げかかってるのはわかってる。金網を通り抜けて道路へ飛び出し、よろめきながら光のほうへ向かう。車がハンドルを切って、急ブレーキをかけて停止する。あたしはそれに背を向けて歩きだし、角を曲がる。振り返らない。まぶしいライトをつけたバスがクラクションを鳴らす。あたしは止まらない……ぜったいに止まるものか……あいつが後ろにいるんだから。

突然、パトカーのサイレンが頭に鳴り響いて、スポットライトがあたりを白くする。一瞬、目が見えなくなり、あたしは停まってる車の横側にぶつかって、アスファルトの上に倒れこむ。警官がすぐ横にしゃがむ。何か言ってるけど、よくわからない。

あたしは子供にもどり、ひどい夢にうなされて眠る。ぼんやりしたまま目が覚めると、ドアが開き、逆光を浴びただれかがあたしの名前をささやいて、シーツを直しながらこう言うのがわかる。「きみを大切に思っている。わかるだろう？　わたしがきみを傷つけたりしないことも」

手があたしの腕にふれ、そのまま寝ていていいと語りかけてくる。

こんなにひどく疲れてなかったら、あたしは泣いたかもしれない。

47

「肋骨を傷めていますが、どこも折れてはいません」皺だらけの青い手術着を身につけて、綿の手術帽をしゃれた角度にかぶった救急医が言う。錆色に染まったトイレットペーパーの紙片が首についているが、きのうの朝からそこにあるにちがいない。すぐにまたひげを剃る必要がありそうだ。

「飲み物に何かを入れられたと本人が言っていたので、薬毒物スクリーニング検査をおこなって、摂取したものの作用を打ち消す薬を与えました。鎮痛剤もいくつか処方しています。頭より上に腕をあげるのはつらいでしょうから、着替えのときには助けが必要かもしれません」

「それで……受けたんでしょうか」わたしは口を濁す。

「性的暴行を？　それはわかりません。体内をだれにも診察させようとしないんです」

救急外来の待合室には、骨折した人、怪我をした人、傷を負った人、血を流している人がそこかしこにいて、だれもが蛍光灯のせいで黄疸が出たような顔をしている。わたしは日付が変わったころからずっとここにいる。警察からポケットベルに連絡があったからだ。病院へ向かう救急車のなかで眠りに落ちる前に、イーヴィが番号を教えたのだった。

イーヴィはもう目覚めていて、自分を見つけた警官と話をしている。わたしは腰をおろし、シャツに食べ物の染みがついた縮れ毛の男へ目をやる。男は鎮痛剤がほしいと主張して、救急看護師と言い争っている。看護師は男をファーストネームで呼び、すわらなければ警備員を呼ぶと告げる。男は自動ドアの外へ引きあげていき、汚れた毛布や折りたたんだ段ボールを積んだショッピングカートに歩み寄る。

ふたりの警官が診察室から現れ、顔を寄せてことばを交わしてから、わたしを呼ぶ。年上のほうの警官が、敵意に満ちた冷たいまなざしでこちらを見る。夜通し働いて家族に会えないのはわたしのせいだと言わんばかりだ。

「バートン巡査です」その男が言う。「こちらはハントリー巡査。イーヴィ・コーマックとはどういったお知り合いでしょうか」

「保護者です」

「身分証明書をお持ちですか」

わたしは運転免許証を見せる。

「ゆうべ、彼女は何をしていたのですか」

「本人はなんと言っていたでしょうか」

「友達に会いに出かけて、飲み物に何か入れられたと言っています。そのあとのことは何も覚えていないらしい……どこにいて、だれといっしょだったのかも。友達はほとんどが未成年なので、名前は言いたくないそうです。ご存じでしょうか」

「よくわかりません」

「イーヴィと最後に会ったのはいつですか」

「きのうの午後です」わたしは嘘をつく。

「昨夜の彼女の居場所について、心あたりはありますか」

「いいえ」

警官は小さな縦開きのメモ帳に何か書き留めている。

「よく聞いてください、サイラス。サイラスと呼んでも？」

どうせ、そのつもりだろう。

「イーヴィは発見されたとき、金も電話も身分証明書も持っていませんでした。衣服や怪我の状態から見て、彼女は何者かに襲われて持ち物を奪われ、ことによると性的暴行を受けた可能性もあります。恐ろしくて加害者の情報を明かせないのかもしれない。あなたから本人に伝えてください。話すことがいちばん自分のためになるのだと」

ほんとうにそうだろうか。

「わかりました」裏のないことばに聞こえるようつとめるが、イーヴィになんと言うべきかは見当もつかない。これまで性的暴行の被害者を何十人も診てきた——加害者がだれなのかを警察に明かした者もいれば、秘密にしつづけた者もいる。どちらが正しいか、わたしには決められない。加害者のうち、有罪になった者もいたが、起訴されずに自由の身になった者や陪審によって無罪とされた者はその三倍いた。いまのところ、わたしが考えられるのはイーヴィのことだけ——どんな目に遭って、どうすれば回復できるかだけだ。

ついに、イーヴィと会う許可が出る。イーヴィは診察台の端にすわってうなだれ、顔の前に垂れた髪を払わずにいる。わたしが現れたことにも、わたしの声にも気づいたそぶりを見せない。

「気分はどうだ」

「最悪」

「痛むのか」

「平気」

イーヴィの反応を警官たちが見ている。しぐさからあれこれ判断するつもりだろう。わたしの名前は性犯罪者データベースに記録され、警察は社会福祉局に連絡して、里親としての経歴を調べるにちがいない。

「トイレに行きたい」イーヴィは言って、わたしを押しのけていく。まだ目を合わせてすらいない。看護師がトイレまで付き添って、外で待つ。ふたりの警官は電話をかけている。ときどき、どちらかあるいは両方がこちらに視線を向ける。

「自宅へ連れ帰ってもいいですか」わたしは医師に尋ねる。

「精神科への紹介をお望みではないんですか」

「わたしは臨床心理士です」

それを聞いて医師は片方の眉をあげる。

数分が過ぎる。イーヴィがトイレに行って、かなりの時間が経つ。ほかにも出口があるのかもしれない。また逃げようとしているのではないか。看護師をつかまえて個室を調べさせたいという衝動と闘っていると、突然イーヴィが姿を見せる。水で髪をなでつけ、顔を洗ってさっぱりしている。看護師が口紅とアイシャドウを貸したにちがいない。

そこではじめて、イーヴィの服に気づく――スエードのスカート、破れたブラウス、ショートブーツ――どこでどうやって手に入れたのだろうか。

「これを着て」わたしは言い、自分のコートを手渡す。「外は寒いから」

正面玄関へ着く前に、バートン巡査に止められる。巡査はイーヴィに名刺を渡して、何か思い出したら連絡するよう言う。イーヴィはあいまいにうなずく。

若いほうの巡査がイーヴィに連れ添って外へ出ていくあいだに、バートン巡査がわたしの肩に手を置き、唇が耳にふれるほど近づいて言う。

「あんたがあの子に手を出していることがわかったら、おれがあんたの顎を砕いて喉の奥にクソしてやるからな」

48

シートベルトに手を伸ばしたあと、イーヴィは身を縮めて横を向き、白んできた空を見あげる。わたしはエンジンをかけて駐車場から車を出し、雨に濡れたほとんど往来のない道を走る。

「どこへ行ってたんだ」ようやくわたしは尋ねる。

「ポーカーやれる店を見つけた」

「二日間もだぞ！」

イーヴィは答えない。

バスがわたしたちの前で発車する。それを追い越しながら、まぶしい車内を一瞥する。疲れた目をした交替勤務の労働者が何人か、窓ガラスに頭を預けている。

「あたしが勝った」イーヴィがつぶやく。

「金を持っていなかったと警察は言っていたぞ」

「盗られたの」

「だれに？」

「名前は書き留めてない」

ふつう、このような台詞は皮肉をこめて口にされるものだが、イーヴィにはそんな元気も怒りもないらしい。

「なぜ警察へ行かなかったんだ」

「なんでだと思う？」

「こっちへ連絡することだってできたのに」

イーヴィは驚くほど冷たい目でこちらを見て、わたしのなかの何かを打ち砕く。彼女のなかで何かが欠けていると感じたのははじめてではない——欠損と言うべきか、遅滞と言うべきか。これほど徹底したニヒリストにはお目にかかったことがない。まるで、何もかも否定しようとする自己嫌悪にまみれて育った新しい人種で、かつて具えていたであろう自愛の心もそのせいで壊滅させられたかのようだ。イーヴィの頭と心のなかでは、自分は歩いている地面や吸っている空気を穢す存在だ。彼女のあらゆる強さ、あらゆる知的能力が、世界を憎まなくてはならないと自分自身に告げている。世界に破壊される前に、自分が世界を粉々に打ち砕かなくてはならない、と。

一方、わたしのこれまでの経験は、イーヴィはふつうになりたい、なりたいと告げている。彼女は仲間にはいりたい、いりたい。パーティーに招かれたことがない子供と同じだ。窓ガラスに顔を押しつけながら、笑い声に耳を傾け、みんなが遊んでいるゲームに見入り、いっしょにどうぞと誘われるのを待ち望んでいるのに、なんのためらいもなくその家を焼きつくすこともできる。

「あたしを送り返すの？」頬の内側を噛みながら、イーヴィが尋ねる。

「まだ決めていない」

「なんで？　試行期間中でしょ」

「試行期間中なのはずっと前からだよ」

ハンドルを握る手に力がはいったせいで――これがはじめてではないが――わたしは自分がイーヴィを恐れていることに気づく。身体的距離が近くなることや、心の闇の深さや、彼女が自分の力を悟ったときにわたしがこうむるであろう損害を恐れている。

イーヴィは窓の外をながめながら、いま向かっているのは家でもラングフォード・ホールでもないと察しているにちがいないが、何も言わない。車は東へ向かって川を渡り、トレント橋クリケット場を通り過ぎて、低木の列といっしょに縫われたパッチワークのような田園風景のなかに家が点在するノッティンガムの郊外を抜けていく。

ラドクリフ動物保護施設には小さな売店があって、その横には航空機の格納庫のミニチュア版のような犬舎やプレハブの建物が並んでいる。

「行こう」わたしは言って、車をおりる。イーヴィはまだわたしのコートを着ている。ふたりで正面の事務所へはいると、そこではデスクの向こうでひとりの女がマーマイトを塗った三角のトーストを食べている。

女は指をぺろぺろと舐める。「お早いのね」

「犬を探しています」わたしは言う。

女は椅子を回転させて、用紙を引っ張り出す。「譲渡？　それとも一時預かり？」

「一時預かりで」わたしは答える。「いまのところは」

わたしは用紙をそのままイーヴィに渡す。イーヴィはこちらを見てまばたきをし、ことばを失っている。

「上に名前と住所を書いてね」

紙面には質問がずらりと並んでいて、庭の大きさや、屋内と屋外のどちらで飼う犬がほしいのかや、希望の犬種や性別などを記入しなくてはならない。イーヴィはわたしの顔を見据えたまま、質問にどう答えていいかわからずにいる。

「きみが決めるんだ」わたしは言う。

「何匹か会えるのよ」女は言って、無線機を拾いあげ、ラプターという名のだれかを呼び出す。まもなく、緑の制服に重そうな作業用ブーツという恰好の若い男がやってくる。毛先を金色に染めて、後ろをポニーテールに結んでいる。わたしたちはそのあとについてコンクリートの小道を進み、低い犬舎と針金の囲いが並ぶ区画へ向かう。足音に気づいた犬たちがいっせいに吠えはじめて、互いの興奮をあおっている。

「一匹だけ準備しました」ラプターが言う。「ぼくのお気に入りの子です。人のそばにいるのが好きで、ひとりでいるのが苦手なんですよ。分離不安ってやつです」

ラプターは庭で待つようわたしたちに指示して、去っていく。その後ろ姿をイーヴィが見守る。両手はポケットに深く突っこまれている。わたしの気が変わると心配しているのか、息を凝らしている。

「何か企んでる？」小声で尋ねる。

「ちがうよ」

「なんでそんなやさしくしてくれるの」

「そこなんだよ、イーヴィ。だれかが敬意を持って接してくれるからって、驚く必要はないんだ。そういうものなんだ」

「家にいてもらいたいってこと？」

「前からずっとそう思っている」

イーヴィは視線をそらして顔を隠す。「ロンドンへ行きたくてバス乗り場まで行ったんだけど、お金がなかった。そしたら男が近づいてきて、話しかけてきたの。しばらく泊らせてくれるって」先をつづけるのをためらう。「そいつ、フィリックス・シーアンだった――例の子のお兄ちゃん」

「ほんとうなのか」

「うん」

わたしは深く息を吸う。「フィリックスは……きみを……」

「ううん」

「きみは薬を盛られたと医者が言っていた」

イーヴィは答えない。「フィリックスは売人。自分じゃ運ばない――ほかのやつにやらせるの」

「フィリックスはきみにそれをさせようとしたのか」

イーヴィはうなずく。

「警察に言わないと」

「だめ！」

「襲われたんだぞ」

訴えるような目でわたしを見つめる。「ラングフォード・ホールへ送り返される」

「そうとはかぎらない」

「あたしは家出したんだよ。ギャンブルもした。ドラッグの売人たちといっしょにいた……」息を吸って、またつづける。「写真を撮られたと思う」

「どんな写真だ」

イーヴィはかぶりを振る。「お願い、警察には言わないで」

わたしはイーヴィを説得したかったが、ちょうどそのときドアが開き、ラブラドールが目に飛びこんでくる。リードを引っ張って、全身が揺れるほど激しく尻尾を振っている。ラプターが引き止めようとするが、ラブラドールはあらゆるものや人間のにおいを嗅ぎたがる。

「名前はポピー。女の子です」ラプターが言う。「生後十八カ月くらいだと思われます。まだ子供ですけど、避妊手術をしてマイクロチップも入れてありますし、予防接種もすべてすんでいます」

イーヴィは両膝を突いてポピーの顔をつかみ、耳の後ろや顎の下をさする。ポピーが舌を出して、イーヴィの顔を舐めようとする。イーヴィは笑って、いっしょに転げまわる――

―すべての動きが慣れていて、ためらいがない。人といるより動物といるほうが楽なのだろう。だから犬小屋にいたシドとナンシーをこわがらなかった――そして、だから食べ物を盗んで与えていた。

ラプターの話はまだつづいている。

「この子はとても利口ですけど、ちょっと神経質なところがありましてね。先週はおもちゃをいくつか嚙みつぶして、プラスチックを呑みこんでしまったんで、獣医を呼ばなきゃいけませんでした」犬舎のほうを振り向く。「ほかの子たちにも会ってみますか」

「いいえ」イーヴィは言う。「ポピーがいいです」

「ぼくが飼い主だったら、一日に少なくとも二回は散歩させます――もっと多いかも。刺激がたくさん必要ですから」

「そうします」イーヴィはわたしを見あげる。「なでてみたい？　すっごく人なつっこいよ。瞳に金色の斑点があるの。見える？」

わたしがひざまずくと、ポピーは腕のなかに飛びこんできて、わたしを押し倒す。わたしは湿った草の上に尻もちをつく。

「自分の力の強さがわかってないんです」ラプターが言う。「しつけをしなきゃいけません。人間やほかの犬とふれ合わせるんです」

イーヴィはうなずいて、ポピーに覆いかぶさる。

書類をすべて記入し終える。署名も終える。売店で、ドライタイプのドッグフードひと袋、ハーネスとリード、餌と水を入れるボウルを買う。

「ポピーはどこで寝るの」イーヴィが尋ねる。

「洗濯室はどうかと思っていたが」

「あそこじゃ寒すぎる。あたしの部屋で寝かせていい？」

「きょうの夜、様子を見よう」

イーヴィはポピーといっしょに後部座席へ乗りこむ。窓を少しだけあけて、ポピーが外の空気を吸えるようにしてやる。わたしは運転席にすわってシートベルトに手を伸ばす。だしぬけに、イーヴィが両腕をわたしの首にまわして頬を耳に押しつける。ぎこちないハグだ。慣れていない。弱々しい。

「ありがとう」イーヴィはささやく。声が震えている。「ありがとう」

49　エンジェル・フェイス

何があったか、サイラスに話したい。いや、話したくない。

サイラスに打ち明けることは、以前教えこまれたすべてのルールに反する。だれも信用するな。何も信じるな。テリーが教えてくれた。そして証明した。

「そいつのことを信用できると思ったとしよう」テリーは言った。「名前を知ってるし、いちばん悪い面も見てきたからと考える。でも、そこが盲点なんだ。それくらいじゃ、じゅうぶんにそいつを見たとは言えない」

キッチンテーブルの椅子に腰かけて、トランプのカードを切って配り、頭のなかでプレイをして、またカードを切る。サイラスはキッチンの流し台の前で鋭い包丁を持ち、ポピー用に冷凍するために牛肩ロースの厚切り肉を一食ぶんずつに切り分けてる。ポピーはおすわりの姿勢で、かけらが床に落ちてくるんじゃないかと待ちかまえてる。

「自分のぶんを分けたりしちゃだめだぞ」サイラスが言う。

あたしはポケットから手を抜いて、肉をひとかけら椅子の下に落とす。ポピーはそのにおいを嗅ぎとって、かぶりつく。

「ラブラドールは食いしん坊で有名だからね」サイラスは言う。「太らせたくないだろう？」

ポピーはあたしの指を舐めてる。

サイラスは裏庭にポピーのための〝運動場〟を作る案を説明してる。

「一日じゅう家のなかには、いさせられないよ。すごい破壊力だからね」

あたしは洗濯室のほうを見やる。ナイキのランニングシューズが一足、嚙みつぶされ、ゴムとメッシュと合成皮革の切れ端となって散らばってる。

「靴のこと、ごめんなさい」あたしは何度目かの謝罪をする。「弁償するから」

「どうやって？」

「仕事を見つけたときに」

サイラスは何も言わない。

ポピーも耳を傾けてたらしい。足音を立ててキッチンを横切り、尻尾を振りながらサイラスの股間に鼻を押しつける。サイラスはそれを払いのける。「それはしちゃだめだって教えてやらないと」

「ごめんねって言ってるんだよ」

「餌をくれって言ってるんだ」

あたしは笑って、ゆるいワンピースのポケットからスマホを取り出す。きょうの午後、枕の上に置いてあったものだ。〝中古なのはわかっているけど、新しいのを買う余裕はまだないんだ〟というメモといっしょに。

タップすると、画面が明るくなって、いろんなアイコンやアプリが現れる。電話する相手なんかいないけど、それでもかまわない。

「ポケットベルの番号を連絡先に入れておいた」サイラスは言う。「こんど面倒なことに巻きこまれたら――」

「もう面倒に巻きこまれたりしない」

「わかっているが、念のため……」

肉片がまな板から落ちて、すばやくそれにポピーが食らいつく。

「ちょっと！　食べさせるなって言ってたじゃん」

「偶然だよ」サイラスは言って、ウィンクをする。

「あんたのバスルームにはバスタブがあるよね」あたしはちょっとだけ興味がありそうな声で尋ねる。

「ああ」

「あたし、バスタブに浸かったことがないの。覚えてるかぎりではね」

「こっちのを使っていいよ」サイラスは言う。

「いつ？」

「いつでも好きなときに」

「いまは？」

「どうぞ」

あたしは二階へあがってタオルを用意する。サイラスのバスルームにはいり、蛇口をひねって、鉤爪足のついた深いバスタブにお湯をためはじめる。〝入浴剤〟と書いてある瓶を見つけて、中身の半分をお湯に入れる。すごい量の泡が蛇口の下から噴き出して、みるみるふくれあがる。入れすぎたかもしれない。

服を脱ぎ捨てながら、鏡は見ないようにする。あざがガスリーによくやらされたインクブロットテストみたいだからだ。

「これは何に見える、イーヴィ」ガスリーがまず尋ねた。

「膣」

「じゃあこれは？」

「別の膣」

ガスリーは頭をかかえたものだ。

お湯を張り終えると、あたしはバスタブに滑りこんで、泡の津波を起こす。泡が両側から床へあふれる。つぎは何をすればいいんだろう。シャワーでは体を洗うけど、バスタブに浸かってるときは――これまで見た映画のシーンだと――雑誌を読んだりシャンパンを飲んだり眠ったりする。あたしは折りたたんだタオルに頭を載せて目を閉じ、お湯が筋肉やあざに染み渡っていく感覚を味わう。

いまならお湯に浸かるよさがわかる。永久にここにいよう。

サイラスがノックをする。あたしは急いで体を隠してから、ドアに鍵をかけておいたことを思い出す。

「だいじょうぶか」サイラスが声をかけてくる。

「うん」

「溺れたんじゃないかと思ってね」

「ううん」

「よかった」

「ねえ、サイラス」

「なんだ」

「壊血病って、原因は何？」

「果物をしっかり食べないこと」

「そうか」

「なぜそんなことを？」

「指が全部白くふやけて、皺だらけになっちゃったから」あたしは待つ。「なんで笑ってんの？」

「なんでもない」

50

翌朝、ラジオでニュースを聞く。

〝女子生徒ジョディ・シーアンを殺害したとされている男が、自殺未遂のすえ、警察の監視のもとで入院しています。二十六歳のクレイグ・ファーリーは、ノッティンガム刑務所の監房で、破ったシーツを使って首を吊っているところを発見され、刑務所の医療チームの力で一命を取り留めました。

二週間前、ファーリーはノッティンガムの女子高生ジョディ・シーアンに対する強姦殺人の疑いで起訴されています。被害者の遺体は人々がよく利用する小道の近くで発見され……〟

ポケットベルが振動して、レニーの番号を表示する。わたしはノートパソコンを開いて、スカイプで電話をかける。

レニーの顔が画面に現れる。「ニュースは聞いた？」

「ちょうどいま聞いた」

「これもまた罪悪感の表れね」

「そうかもな」

レニーはここぞとばかりにご満悦とはならない。「ファーリーの弁護士が、依頼人と話をする許可をあなたに出した」

「なぜいまになって?」

「あの男には自殺願望があって、あなたは臨床心理士だから」簡単な計算だと言いたげだ。

「病院に精神科があるんだが」

「そうね、でもあなたをご指名なの」

警官がひとり、廊下の椅子で帽子を目深にかぶって居眠りをしている。わたしが来るとはだれからも伝えられていないという。警官は小声でぶつぶつと不満を言ったのち、確認のために必要な電話をいくつかかける。三十分が無駄になる。

ファーリーは集中治療室を出て、いまは個室にいる。わたしはノックする。中にはいる。ファーリーはベッドに横たわり、ブラインドのあけ放たれた窓の外を見つめている。空は白い灰皿にはいった煙草の灰と同じ色だ。

「やあ、クレイグ」わたしは言う。

ファーリーが振り向き、首のまわりのあざにわたしは目を留める。ファーリーは興味深そうにこちらを見ながら、眉をひそめる。もっと年上の人間か、別のだれか、あるいはごくふつうの救済者が来ると予想していたらしい。未成年者に対する強姦殺人で起訴された人間にとって、未来は恐ろしい場所だ。刑務所は終点ではない。小児性愛者や子供を殺した者は獄中では最も虐げられ、たいていは保護のために隔離されるか、独房に収容される。ファーリーは頭の切れる男ではないかもしれないが、この先に何が待ち受けているかはわかっている――暴行を受け、侮辱され、排泄物を投げつけられたすえに、お決まりの手製の刃物で刺される。運がよければ、袋に用を足しながら人生の残りの日々を過ごす。

ファーリーは最後にウェスト・ブリッジフォード警察署の取調室で見たときより痩せている。顔の肉が落ちて、目は影の海に沈んでいるかのようだ。

「サイラスだ」わたしは言う。「すわってもいいかな」

ファーリーは答えないが、わたしは椅子を持ってベッドのほうへ引き寄せる。腰を据える。

「気分はどうだ」

返事はない。

「明かりをつけてもいいかな」返事を待たない。ファーリーの瞳の青と、額の乾燥によるかぶれまで見えるようになる。

「いつでもまた試せるよ」わたしは言う。

「なんだって？」

「ほんとうに死にたければ——いつでもまた試せる」

ファーリーは眉根を寄せる。こちらが本気で言っているのか、迷っているのだろう。

「きみは何歳だ、クレイグ。二十代半ばか。まだ若い。九十歳まで生きることだってある。それまでの好きな日を選んで死ぬことができる。何をそんなに急いでいるんだ」

わたしは答を待つ。一秒ごとに、音もなく空気が張りつめていく。少しずつ引き伸ばされる輪ゴムのように。

「死なないよう説得するのがあんたの仕事じゃないのか」ファーリーはしゃがれ声で言う。首を吊って死にかけたせいで、声帯が傷ついている。

「人はみな死ぬんだよ、クレイグ」

「ああ、でも、それは話が別だ」

「ふつうの人は老齢や病気や悲劇的な不慮の事故で死ぬのを待っている、ということか」

「そうだ」

わたしは身を乗り出して、両膝に肘を載せる。

「きみは特別でもなんでもないんだよ、クレイグ。たいていの人間がどこかの時点で自殺を考えるものだ。葬儀にだれが来て、何を言うかを想像するだけだとしてもね。人生は進化するわけじゃない。だれもがいつでも引き金を引ける――崖から飛びおりたり、電車の前を歩いたり、シーツを破って首に巻いたりしてね。ほとんどの人はそうしない。ただ待って、何が起こるかを見ているんだ」

ファーリーは聞いていないふりをする。ストローのついたコップを手にとって、ひと口飲み、コップのふち越しにこちらを見る。

「きみがジョディ・シーアンを殺したとは思っていない」わたしは言う。

ファーリーは目をしばたたく。

「関与はしているかもしれない。命を救うこともできたかもしれないが、きみが殺したとは思っていない」

部屋に沈黙が訪れ、空調の音が大きく響く。

「起訴された理由はわかる――有罪となる理由もね。きみはジョディのジーンズと下着を脱がせた。彼女の髪に向けて自慰行為をした。それだけでじゅうぶんに有罪だ。きみを長いあいだ監獄に入れておくことに、ほとんどの人が異論はないだろう。もっと制裁を与えたい人もいるかもしれない。しかし、せっかくこうやって目の前にいるんだから、きみにひとつ尋ねたい。どうしてなんだ？　ジョディはきみの目の前にいた。きみが望むものすべてを具えていた――若くて、かわいくて、意識を失っていた。なんだってできたはずなのに、きみはそうしなかった」

「あんたは病気だ」

「挿入しようとして萎えてしまったのか。彼女に屈辱を与えたかったのか」

ベッドの枠に手錠でつながっている側のこぶしから音が鳴り響く。

「きみがジョディの体に枝をかぶせたことは知っているが、すべての証拠を隠せたわけじゃない。きみは現場に足跡を残した。犬を近くの木につないだ。警察がジョディを発見したことを女子生徒に得意げに話した。〝自分を逮捕してくれ〟と書いた札を首にさげているも同然じゃないか」

「おれはばかじゃない」

「証明してみろ」

ファーリーは押しだまる。わたしは部屋が隅々まで静まり返るのを待つ。沈黙はファーリーの耳、胸、膀胱、腸へ、そして脳内のあらゆる暗所へ染みこんでいく。沈黙を心地よく感じる者など、ほとんどいない。飛行機や電車や待合室のなかで沈黙を意に介さないのと、自分の答を待つ者の前で黙するのとでは、わけがちがう。

「どうやって？」ファーリーはつぶやく。

「起こったことをすべて話すんだ――何から何まで。わたしは警察じゃない。カメラも録音機も手帳もないし、証人もいない。わたしは聖職者じゃないから、告解を聞くことはできない。きみが有罪かどうかなんて、どうだっていいんだ。きみ自身に罪の意識があるかどうかも。わたしが知りたいのは真実だけだ」

ファーリーは窓のほうを向く。わたしを無視することにしたのだろうか。

「怖じ気づいたわけじゃない」ファーリーは小声で言う。

「あそこで何をしていたんだ」

「眠れなかったから、犬を散歩させてた」

「あの道を選んだ理由は？」

「家に近いから」

「もっと近くに公園がいくつかあるだろう」

ファーリーは肩をあげて、落とす。肩をすくめたのかもしれない。あきらめにも見える。

「きのうから犬を飼いはじめたんだ」わたしは言う。「ポピーって名前のラブラドールでね。正確には自分の犬じゃない。いっしょに暮らしている友達の犬なんだが、散歩は交替で行くことにした。わたしは夜を担当する。夜道を友達ひとりで歩かせたくないからな」

ファーリーは耳を傾けている。

「最寄りの公園は夕方になると閉まるから、きのうの夜はポピーを連れて近所を何周もした。あの時間になると、まったくの別世界だな。外にはだれもいないだろうと思ったら、実はいろんな人が犬を散歩させている。立ち止まって、たわいない話をする人もいる。天気とか、星とか。ゆうべ、自宅から二本離れた通りにいたとき、ふと顔をあげたら、寝る支度をしている女性の姿が見えたよ。カーテンがあけっ放しだった」

「裸だったのか」ファーリーはこちらへ向きなおり、少し元気を取りもどして尋ねる。

「ガウンを着て、髪を乾かしていた」

「どれくらいよく見えたんだ」

「鏡に映る自分をながめながら、左を向いたり右を向いたりしていたよ。まるで失ったものを探すように」

「何を?」

「若さだ」

ファーリーには理解できない。

「気の毒に感じたよ。さびしそうだった。だからカーテンをあけっ放しにしたんじゃないかと思った――だれかに気づいてもらうために」

「そういう女は多い」ファーリーは言う。

「ほんとうか」

「ああ、そうさ」

「だからきみは夜に散歩にいくのか」

ファーリーはだまる。

「ジョディを見た夜もそうだったのか――窓から部屋のなかをのぞいていた？」

また返事はない。

「小道でジョディを見かけたのか」

「いや」

「彼女はどこにいたんだ」

「水のなかだ」

「最初に水のなかにいるところを見かけたと？」

「音が聞こえたんだよ」

「なんの音だ」

悲しげな顔でわたしを見る。「水しぶきの音」

わたしは同じことをファーリーに繰り返させる。犬を連れて家を出たこと、過去にいい思いをしたことのある通りを歩きまわったこと。途中でシルバーデール・ウォークへ行くことに決め、学校の前を通って路面電車の線路を渡った。橋へ近づくと、だれかの叫び声と水しぶきの音が聞こえた。

「動物かと思ったんだよ」

「それでどうしたんだ」

「橋へ行って、下をのぞきこんだ。そうしたら、あの子が見えたんだ」

「ジョディだな」

ファーリーはうなずく。「はじめはあの子だとわからなかった。だれかが池にごみを投げ捨てたのかと思ったんだ。おれはたしかめに行った——金目のもんかもしれないと思ってね。けど、あの子が動いてるのが見えた。葦のなかを這ってたよ」

顔をゆっくりこちらへ向け、目を見開いて信じてくれと訴えている。体から立ちのぼる汗のにおいと、かすかな尿のにおいが漂ってくる。

「それでどうしたんだ」

「土手を駆けおりたよ。助けが必要かもしれないと思ったから。あの子は咳をしてた。びしょ濡れで、体が冷えきってた。あたたかくしてやりたいと思ったから、上着を渡した」

「ジョディはなんと言った」

「何も」

ファーリーは上を向いて、みじめたらしくまばたきをする。口からことばが出ない。

「ジョディは逃げたんだな。それをきみは追った」

「傷つけるつもりはなかった。あたたかくしてやりたかったんだ」

「けど、きみはそうしなかった。犬を木につないで、ジョディの服を脱がした。レイプしようとした」

ファーリーの頭が左右に揺れる。

「きみはセックスしようとしたが、ジョディはすでに息絶えていたか、息絶える寸前だった」

「そんなふうに言うな」

「だから挿入までできなかった」

「やめろ。やめろ」手錠がベッドの枠にあたって音を立てる。

「救急車を呼ぶこともできた。彼女を生かすことができた。命を救うことができた」

ファーリーの鼻孔から鼻水が垂れ、上唇を通って口へ流れこむ。

「おれが謝ってたって伝えてくれ」

「だれに？」

「あの子の両親に」

51

エンジェル・フェイス

雑草が膝の高さまで生えてる。イラクサ、アザミ、ヒナギク、タンポポ。あたしの足はそこに根を張ってて、水を与えられてない別の植物が割れたコンクリートの隙間にはさまってるみたいな感じだ。

この二時間、〈コーチ・ハウス・イン〉にはだれも出入りしてない。あたしは柵沿いに進み、おんぼろの門をくぐって入口のドアに近づく。手に持った長さ五十センチ余りのパイプは中が空洞だけど重たくて、ずっと脇にはさんだままだ。ドアのキーパッドは、牛乳のプラスチック容器を切りとった雨よけに覆われてる。暗証番号を指で入力し、ドアを肘でそっとあけて耳を澄ます。

この前の夜の足どりをたどって、カーペットに足を擦らせながら玄関広間を抜けて廊下を進む。居間へ通じるドアがあいてる。テーブルにはビール瓶が並び、灰皿にはつぶれた煙草が突っこまれてる。フィリックスの部屋はどこだったっけ。南京錠を探す。あった。

ドアの前でしゃがみ、髪からヘアピンを一本抜いて、折れるまで何度も曲げる。ジョディのロッカーよりもあけにくい型だ。指が痛み、汗でべとつく。手を拭いて、もう一度やってみる。耳を澄ましながら、ピンを差しこんで動かす。カチ……カチ……。

錠がはずれる。あたしはドアを押しあける。部屋は覚えてたとおりだ——ベッド、皺くちゃのシーツ、汚れたマットレス、三脚に載ったカメラ。床に服が散らばってる。それを見て、別の家にあった別の部屋を思い出す。そこでテリーの死体といっしょに暮らし、その死体がふくらんで、色が変わって、腐っていくところを見た。

金属パイプを振りまわしてカメラを壊すと、粉々になったプラスチックやガラスの破片が壁にぶつかり、砂利をこぶしいっぱい投げつけたような音がする。三脚が倒れる。シーツを引き裂き、マットレスに穴をあけ、服を破く。息が荒くなったからいったんやめ、壊したものをながめるけど、なんだか物足りない。この程度で、あいつをへこませられる？

頭を空っぽにしてから部屋をよく観察し、物が隠れていそうな場所を探す。こういうのは得意だ。だれよりも自信がある。マットレスを床に引きずりおろしてから、平行に並ぶ細い桟の隙間に入れた金属パイプを梃子にして釘を引き抜き、板を剝がすと、その下に床が現れる。ベッドの下に腹這いでもぐり、幅木を叩いて、中が空洞かどうかを音でたしかめる。死んだシミがひっくり返ってて、生きているものは跳ねてる。探すのはカーペットが擦り切れた部分で、そこが隠し場所だ。でも見つからない。

気を取りなおして、部屋のあちこちを歩きまわる。右足の下で床がきしむ。かがんでカーペットを剝がすと、置いただけのベニヤ板が横木の隙間を覆ってるのがわかる。板を取りはずし、靴の箱が見つかる。箱のなかにはテープで二重に巻かれた包みがはいってる。隅っこを歯で引き裂いて中身をたしかめる。アイス。シャブ。覚醒剤。黒ずんだぼろ布の包みがもうひとつあり、手で持つと重い。中身は拳銃で、細長い銃身と茶色の樹脂のグリップがある。ずいぶん古くて、博物館に置きたいくらいだ。

ボタンを押しながら、反対の手で弾倉をグリップから引き抜く。中には弾が順に押しこまれてる。

銃は握ったことがある。テリーが持ってた。手入れをするときはいつも、台所のテーブルでパズルみたいに分解してから溶剤と油でそれぞれのパーツを拭き、銃身には切り裂いたTシャツと真鍮の棒を使ってた。

ある日、テリーに手首をつかまれ、銃を握らされた。さわりたくなかった。

「さあ」テリーは言った。「どれくらい重いか、持ってみろ」

あたしは両手で銃を持った。

「引き金に指をかけるんだ」

言うとおりにした。

「おれに向けろ」

「やだ」

「ここをしっかり狙え」テリーは胸の真ん中を叩いた。

「できない」

「そいつをこっちへ向けろ。おれは悪党だ、そうだろ！」

あたしは首を左右に振った。

「やるんだ、いますぐ！　引き金を引け」

両手が震えてた。

テリーはあきれてため息をつき、銃を取りあげた。「弾倉に弾はないってのに、ばかだな」弾倉をはずし、スライドを引いて薬室を空にするところを見せてくれた。

「こんど撃てと言ったら、そのとおりにするんだぞ」

いま、あたしはぼろ布で拳銃を包みなおし、ジーンズの後ろの腰のあたりにそれを押しこむ。空になった靴の箱とベニヤ板とカーペットをもとにもどしたあと、トイレへ行き、覚醒剤の包みを破って中身を便器にばらまく。ほとんどは沈んだけど、残りが石鹸の泡みたいに表面に浮いてる。レバーを動かす。水が渦を巻いて消えていく。もう一度流す。

「バイバイ」

声が聞こえる！　やつらが帰ってきた！

あたしは壁を背にしてドアに近づき、頬を押しつける。キーリー。チューバ。フィリックス。廊下を近づいてくる。

「追悼式は何時だよ」チューバが尋ねる。

「三時だ」

南京錠を床に置いたままだ。フィリックスが下へ目をやったらどうなる？　もし見つけたら？

三人が通り過ぎ、居間へ向かう。ドアを少しずつあけて廊下を見渡すと、チューバがビールのパックをあけてクーラーボックスに入れてるのが目にはいる。フィリックスは上着にネクタイという姿で、髪を油で固めてる。このまま隠れていたい。まるくなったまま、三人が出かけるのを待っていたい。だけど、フィリックスが南京錠を見つけたら、あたしは死ぬ。

銃があるじゃない。

奪われるかもしれない。

先に撃てばいいのよ。

フィリックスが煙草に火をつけ、ライターをテーブルに軽くほうり投げてから、灰皿を腹に置いて椅子にもたれかかる。チューバが音楽をかける。イギリスのラップ音楽がアメリカよりもいいかどうかで言い争ってる。チャンスだ。

あたしは包みから出した銃を胸の前で構え、だれもいない廊下へそっと出る。すばやく、音を立てないように居間の前を通り過ぎると、ソファーでくつろぐフィリックスの姿がちらっと見える。気づいてない。あたしはそのまま進む。前を見たまま。

床のきしむ音がして、キーリーがスマホの画面を見ながら部屋を出てくる。あたしは〝彫像ごっこ〟（「だるまさんが転んだ」に似た遊び）みたいな姿勢で凍りつく。

顔をあげたキーリーが口を大きくあける。あたしは突進して髪をつかみ、床に引きずり倒して、反対の手で口を覆う。

「しゃべるな！」とささやく。「ひとことも！」

銀のピアスが舌の裏でこすれるのを感じながら、あたしはキーリーの耳もとで口を閉じる。キーリーがすすり泣く。

キーリーに銃を見せ、こめかみに銃口をあてたまま、指をまっすぐ立てて唇を押さえる。

「口を開くんじゃないよ」

キーリーは体をすくめてる。

あたしは立ちあがり、後ろ向きに玄関広間まで歩いて、そのままドア、階段、駐車スペースを通って道へ出る。スウェットシャツのなかで銃を構えて、ようやく走りだす。

52

捜査本部は徐々に解体されている。裁断機にかけた紙がごみ箱からあふれ、ホワイトボードからは写真や地図がきれいに取りはずされている。捜査班の大半はすでに別の事件に割り振られ、残った数人が発表資料の原稿を書いたり、やり残した仕事を片づけたりしている。

レニーのオフィスは、荷造り中の箱と空の書類棚でいっぱいだ。異動のことや退職を真剣に検討しているかどうかといったことは、まだ本人と話せていない。レニーは辞めるには有能すぎるが、風向きを変えられるほど警察内の駆け引きに明るくはない。

「あと一週間でジョディ・シーアンの捜査を終わらせないと」レニーが別の書類ファイルを箱に入れながら話す。「報告書を検察に提出したら、あとは司直におまかせよ」

「クレイグの自白が認められなかったら?」

「だいじょうぶ。こっちにはDNAがあるし、繊維片や犬の毛もある。署名入りの自白よりも重要よ。世間の人たちは、神や幽霊や人工気候変動は信じなくても、法医学に基づく証拠なら信じる」

わたしは椅子に置かれた箱をどかし、腰をおろす。「ファーリーと話をしたよ。やつはジョディが橋から投げ落とされた音を聞いている」

「もうあきらめて、サイラス」

「タズミンはテラス側のドアの鍵をあけていなかった。ジョディが中にはいるのは不可能だった。だから家へ歩いて帰ったんだ」

レニーはファイルに記された別のラベルを見ている。アントニアがレニーの背後のドアから現れる。「ドクター・ネスが少し話をなさりたいそうです」

「つないで」レニーは言う。

「外でお待ちです」

レニーはこちらを見て眉をひそめる。主任病理医が遺体安置所の外に出るというのは、犯罪現場とゴルフ場以外ではめったにない。アントニアをよけてはいってきたネスは、すまなそうに微笑みながらも両目を輝かせていて、きつくカールした髪は毛皮のヘルメットのようだ。レニーのオフィスをさっと一度見渡したあと、まさにこの席を求めていたかのようにわたしの隣にすわり、柔らかい革の手袋から指を一本ずつ抜く。

「進展があったよ」ネスは言う。「けさ、ボストンの研究所からメールが来て、ジョディ・シーアンの胎児に関するDNA鑑定の報告が載っていた。DNAはジョディの太腿に残された精液の痕跡とほぼ一致するもので、これは胎児の父親がジョディに近い人間であることを意味している」

レニーが眉間に皺を寄せる。「〝近い人間〟って？」

「〝連続したホモ接合体〟を共有する者だ」

「連続した何？」

「近親者ということだよ」少しは科学をかじっているわたしが言う。

レニーはネスからこちらへ視線を移す。「つまり、だれ？」

ネスが染色体とDNAに関する短い講義をおこなう。

「近親相姦で生まれた子供の染色体にヘテロ接合体が見られないのは、母親と父親がすでに同じ遺伝情報をたくさん持っているからだ。そのため、子供のDNAにはどちらからの情報とも言える部分がかなりある。それらを〝連続したホモ接合体〟と呼ぶんだ。その部分が大きいほど、両親が近い親族である可能性が高くなる」

「わかった。で、だれがあてはまるの？」レニーが尋ねる。

ネスは話を急がない。「兄弟や姉妹はDNAを五十パーセント共有している。もしそのふたりのあいだに子供ができた場合、その子はDNAを約二十五パーセント共有する。娘が父親との近親相姦で妊娠する場合も同じだ。

おじと姪は約二十五パーセントのDNAを共有し、そのあいだに生まれた子供は約十二・五パーセントのDNAを共有する。一方の親が異なる兄弟姉妹でも同じだ。いとこ同士でも約十二・五パーセントだが、その子供の数値はそれよりも低くなる。これらの数値は絶対ではないが、Y染色体が血縁者と一致すれば、近親相姦によるのはまちがいない」

レニーはしびれを切らす。「で、ジョディを妊娠させたのはだれ？」

ネスはレニーを見てまばたきをし、話はまだ半分しか終わっていないと伝える。「胎児の検体から、十二・五パーセント共通していることがわかった——つまり、該当するのはおじのブライアン・ウィテカーだ。いま言ったとおり、確定するのは本人を検査する必要があるが、ほかにおじがいない以上……」

わたしはレニーへ目をやる。こぶしを血の気がなくなるほど硬く握りしめている。

「あの夜、ブライアンは家にいた」わたしは言う。「ジョディはおじと会って——脅迫したのかもしれない」

レニーは壁に掛けていたコートをつかみ、ドアをあけて叫ぶ。「アントニア、車を一台出して。すぐに！」

移動がはじまる。レニーの声が捜査本部じゅうに響く。「エドガー、わたしについてきて。モンローは、ウィテカー邸と車の捜索令状をもらってきてちょうだい。ブライアン・ウィテカーに関するすべてを知りたいの。性的いやがらせの有無。噂。陰口。通話記録とネットの検索履歴もお願い」

わたしは廊下を進むレニーについていく。ネスはもうはるか後方だ。レニーが振り向く。

「ブライアンはどこにいると思う？」

「追悼式に出ているはずだ」

53

コーパス・クリスティ・カトリック教会での追悼式のあと、駐車場でブライアン・ウィテカーが逮捕される。出入口からは参列者たちが徐々に吐き出され、その多くが黄色い帽子やスカーフを身につけて、黄色い風船を持っている。

レニーはブライアンに手錠をかけず、電話する機会を与える。ブライアンは弁護士ではなく妻に連絡する。賢明な選択ではない。フェリシティはまだ教会にいて、マギーを慰め、声をかけてくる人や記者たちから守っている。

「いったいどういうことだ」パトロールカーの後部座席に乗せられたブライアンが言う。

「わたしが何をしたと？」

「すでにこちらから権利の告知をしました」レニーが答える。

「いったい、なんの罪なんだ。言わないつもりか」

「あなたは殺人容疑で逮捕されました」

「ばかな」

レニーはブライアンからの質問や抗議に取り合わず、しゃべらせるままにして、苛立つのを楽しんで見ている。

署に近づくと、前の席からレニーが振り返る。「あなたは信心深いのかしら、ブライアン」

返事はない。

「聖書にこんな一節がある。たしかマタイ伝だったはずよ（第十八章第六節）。〝わたしを信ずるこれらの小さい者たちのひとりをつまずかせる者は、大きな挽き臼を首にかけられて海の深みに沈められたほうが、その人にとってはましである〟」

「ぜったいに子供を傷つけたりしない」

「ええ、子供を愛してるから。性犯罪者はみんなそう言うのよ」

ブライアンの表情が変わる。顔をゆがめ、こぶしを握りしめたりゆるめたりを繰り返す。

レニーはその点を追及しない。かわりに、ブライアンをウェスト・ブリッジフォード警察署の取調室にぶちこみ、恐怖と不安から成る毒の沼に数時間漬けこむわけだ。

このあいだに家宅捜索令状が発行され、ノートパソコンやタブレットや携帯電話が押収されている。フェリシティ・ウィテカーが車で連れてこられ、裏口から署にはいってくる。

逮捕されたわけではないのに、一挙手一投足が重たげで、まるで深海をもぐるダイバーが鉛の長靴を履いて海底を歩いているかのように見える。

「何か持ってきましょうか」わたしは尋ねる。フェリシティは、ふだんは性的暴行事件の被害者のために使われる〝安らぎの部屋〟で尋問を待っている。

「いえ、けっこうです」

かまわず紅茶を一杯持っていく。フェリシティはティーバッグをカップのなかにぶらさげ、こぼさないように両手で押さえる。

「どのくらいかかりますか」フェリシティは尋ねる。

「わかりません」

猫をなでるように、革のハンドバッグをたびたびさわっている。

「お邪魔でしたか」わたしは訊く。

「いえ、いてください」フェリシティは紅茶をひと口飲む。「警察署なんてはじめてです。もちろん、テレビで見たことはありますけど。〈ザ・ビル〉とか〈孤高の警部　ジョージ・ジェントリー〉はよく観てました。おもしろい刑事ドラマが好きで」

「犯人をあてるのは得意ですか」

「まったくだめよ。中盤まではヒントをくれないでしょう。まさかという人を犯人にして」フェリシティの両手は震えている。「ブライアンが怒鳴ったことはお詫びします。そんなつもりじゃなかったんです。いったいどういうことですか」

「ジョディは妊娠していました」

「ええ、知っています。でも、ブライアンとどんな関係が？」

「ジョディがいなくなった夜、ブライアンはあなたと花火を見にいったんですか」

「いや、行ってません。ブライアンはシャーウッドのメソジスト教会での匿名断酒会[A A]に参加してました。毎週行ってましてね。もうすぐ、断酒して九年になります」

「酒癖が悪かったんですか」

「子供たちにあたったりはしませんでしたけど」

「あなたには？」

フェリシティは深く息をつく。「結婚して長いですからね。ほかのことで、もっと揉めることもあります」

「あの夜、あなたは何時に帰宅しましたか」

「九時半です。少し酔ってました。マギーがグラスにシャンパンをずっと注ぎつづけてたので」

「ブライアンを見ましたか」

「帰ってきたのは聞こえました。寝てるときに」

「どんな音がしましたか」

「玄関ドアの音。テーブルに鍵を置く音。シャワーを浴びる音」

「ブライアンは夜中に起きましたか」

フェリシティはカップの底で硬くなったティーバッグを見つめている。「同じ部屋では寝てないんです……もう……ずっと前から」かぶりを振る。「ブライアンがジョディと寝たなんて、どうも信じられません」

「胎児のDNA検査によると、ジョディが身ごもっていたのはブライアンの赤ちゃんです」

わたしを見つめるフェリシティの表情は、あたかも別のことばを待っていたかのようだ。首を左右に振って、あえぐように言う。「ああ、マギーはなんて言うでしょう。わたしをぜったいに許さない」

「あなたのせいじゃない」

「ブライアンはわたしの夫ですから」

レニーがプリントアウトとファイルの山をかかえて取調室にはいり、ブライアン・ウィテカーの目の前の机に置く。これも舞台の一部——容疑者の心を揺さぶる小道具だ。こんな短時間にこれだけ多くの書類がなぜ作られたのかと、たったいまブライアンは思案している。

レニーはファイルを開き、数ページめくってだまって中身を読む。そのあいだにエドガーが腰をおろして録音装置のチェックをはじめ、居並ぶ者の名前とともに、日付、時刻、場所を読みあげる。

「結婚して何年になるの、ブライアン」レニーが尋ねる。

「二十二年です」

「じゅうぶんおつとめしたわけね。いまも奥さんの目を見ながら、愛してるって言える？」

「妻はこの件に関係ない」

「言えないってことね。そんなに長くいっしょにいたら、たぶん愛なんかひとしずくも残っていない。演技をしてるんでしょうけどね。目をつぶって、だれかほかの人といっしょのところを想像しながら。さて、ボニー・ダウリングのことを話して」

ブライアンの目の奥で思考が活発になったらしい。「あの苦情は訴権の濫用だった」

「訴権の濫用。それはたいそうな——法律用語ね。あなたはシャワー中のその子の写真を撮った」

「撮ってません」

「中にはいったでしょう？」

「偶然そうなったんです」

「なぜその子は嘘をつこうとしたの？」

「ボニーの父親にはコーチ料の貸しがありました。四百ポンド。それを払おうとしなかったんで、こちらは訴えてやると迫ったんです。すると、ぼくのことを変質者だと言いだした」

「でも、最後はあなたのほうから払った」

「コーチ料の貸しを放棄したんですよ。ほんとうは名誉毀損で訴えるべきだった」

「もっともらしく聞こえるけど、申し立てについて警察が調べる前にあなたの携帯が盗まれたのは、奇妙だと思う。都合がよかったのか、残念なことだったのかはわからないけど」

「写真なんかなかった」ブライアンは言う。「でたらめですよ」

のぞき窓を通して見ると、ブライアンは自分を奮い立たせているようだが、自信をなくしつつある。

「ジョディの指導をはじめたのはいつですか」エドガーが訊く。

「昔からずっと」

「最初に手をつけたのは？」

「でたらめだ」

「ジョディの学校のロッカーにあったコンドームから、あなたの指紋が見つかった」レニーが言う。

そのことばにブライアンは平静を失う。「あの子が性に奔放だとわかったときに、買ってやったんです。妊娠されては困るから」

「ずいぶんやさしいおじさんね。コンドームを買い与えたことを、ジョディの両親は？」

「もちろん知りませんよ」

「ジョディにそう頼まれた？」

「いや」

「ジョディが性に奔放だとわかったのはなぜ？」

「なんとなく……そうじゃないかと……前にもそういうことがあったもので。若いスケート選手は、ある年齢に達すると、自分がいろいろと経験不足じゃないかと心配したり、異性のことばかり考えたり……」

「どんな印象になるかわかる？　おじであり、スケートのコーチでもあるあなたがコンドームを買い与えるなんて。未成年のセックスを助長してるようにしか見えない。あなたが処女を奪ったの？」

「ばかを言うな！」

「どんないきさつだったかもわかる。いっしょに競技会へ出かけて――節約のために同じ部屋に泊まる。はじめは別々のベッドでね。やがて、ある夜……」

ブライアンは鼻で激しく息をして、レニーの額を穴があくほど見つめている。

「とんでもない！」

「あなたがジョディを妊娠させたのね、ブライアン」

「ちがう」

「ノートパソコンに検索履歴が残ってた――中絶の専門医を探してたようね」

「助けてやろうとしたんだ」

「嘘ね」

「いや、嘘じゃない。ジョディが相談に来たんです。妊娠したと言ってね。スケートのキャリアや歳のことがあって……つまり、子供を産むにはまだ若すぎたってことです。両親にも話せない。マギーは敬虔なカトリック信者だし、ドゥーガルが知ったら修羅場になる。

だからそっと処理しようとしたんです、だれにも知られずに……」

「あなたの提案だったと」

「ジョディも同意しました」

「でも、ジョディは考えをひるがえした」

ブライアンは答えない。

「DNA検査をしたのよ、ブライアン。あなたが父親なのはわかってる」

「なんだと！　ありえない！」

「ジョディが同意したかどうかはどうでもいい。あなたは信頼される立場で、彼女は未成年だった。あと何時間かしたら、技術担当者が携帯電話の電波を三角測量して、ジョディの最後の数時間の動きをくわしく特定する。死んだ夜のジョディとあなたの動きは重なるはずよ。セックスしたあとに、あの子を追いかけたんでしょう。中絶してくれと頼んだけれど、ジョディは聞き入れなかった。ジョディはあなたの何もかもを――仕事や結婚生活や評判を脅かした。あなたは彼女を背後から殴りつけ、橋から突き落とした。そして、そのまま見殺しにして――ジョディは森のなかでひとり冷たく死んだのよ」

「ちがう」ブライアンはうめき声をあげる。上半身が前のめりになり、額がテーブルにつきそうだ。

レニーは別のファイルを開き、事件現場の写真を一枚ずつ並べていく。「目をそらさないで、ブライアン。自分のしたことを見なさい」

ブライアンは何も言わずにまばたきをする。目のまわりの深い皺が苦悩を伝えている。

「そんなことはしていない……考えたこともない……フェリシティに訊いてください」

「奥さんとはもう話した。あの夜、あなたが帰宅したのを見ていないそうよ」

「家にいましたよ。帰宅して、シャワーを浴びて寝たんです」

「奥さんとは別の部屋でね」

「その後にまた出かけたりはしてません」

レニーは深く息をつき、写真を掻き集める。「そんな話を裁判まで繰り返すのも悪くないけど、いずれ陪審員があなたの作り話やはったりを見破るでしょうね」

「犯人が逮捕されたでしょう？　告発もされた」

「クレイグ・ファーリーはたくさんの罪を犯したけど、ジョディを妊娠させてはいない。背後から殴りつけたり、橋から突き落としたりもね」

ブライアンは両手で頭をかかえ、情けない声で言う。

「ちがう。何かのまちがいだ！　フェリシティと話がしたい。説明させてくれ」

54

ポケットベルに短いメッセージが届く。**ポピーがいなくなった。**

イーヴィに電話すると、息を荒らげて応答するが、ことばがすんなりと出てこない。

「柵の下に穴があって……門の近く。ポピーの首輪がチェーンにぶらさがってた。あちこち探したんだけど」

わたしは落ち着くように言う。「遠くへは行っていないはずだ」

「車に轢かれてないかな？　だれかにさらわれたりとか」

「見つけにいこう」

数分後、車でわが家へ向かう。スピードの出しすぎに気づくたびに、しぶしぶブレーキを踏み、交通量の多さを呪う。きょうにかぎって、どうしてのろのろ運転の車だらけなのか。小柄の老女だの、遅いトラックだの、ベルギー人だの、アウディだの、ローンボウリング（ゲートボールに似たイギリス発祥のスポーツ）の愛好者だのばかりだ。

ポピーを失うことは考えたくない――自分が愛着を持つようになったからではなく、イーヴィが心配だからだ。犬など飼うんじゃなかった。負の影響が出たときが危険すぎる。イーヴィは長いあいだずっと、どんな人も物も愛してこなかったのに、わたしはいまになって心を開かせ、また傷つけて、置き去りにしてしまった。

家の外に車を停めると、イーヴィが煉瓦塀の上に立ってポピーを大声で呼んでいるのが見える。胸をかかえるように腕を体に巻きつけて、身を震わせている。

柵に首輪が引っかかっていたことや近所の家々をまわって話をしてきたことを、イーヴィがもう一度説明する。知らない人と会ったりかかわったりするのは、かなりの負担だったにちがいない。

「ポスターを作ろう」何かさせておこうと思い、わたしはそう言う。「写真はあるかな」

イーヴィは携帯電話を掲げて見せる。

「よし。ノートパソコンにダウンロードして、ポスターとチラシを作ってくれ。あちこちの街灯に貼って、郵便受けに入れよう」

二階へ行き、Tシャツ、着圧レギンス、裏地がフリースの上着に着替える。靴裏がほとんど擦り切れているが、使い古しのランニングシューズを履くしかない。

「どこ行くの?」イーヴィが尋ねる。

「もう少し広い範囲を見てくるよ」

「あたしは何をしたらいい？」

「ポスターを貼ってきてくれ」

イーヴィの見せたA４の紙には、庭で撮ったポピーの写真に〝犬を探しています〟と見出しがついている。下にはポピーの特徴とイーヴィの電話番号が書かれていて、〝謝礼あり〟ということばも添えてある。

「謝礼はどうするんだ」わたしは訊く。

「何か思いつくでしょ」イーヴィが期待をこめて言う。

ふたりで計画を立てる。わたしが公園を担当してウラトン・ロード沿いを走り、イーヴィは家々をノックしてチラシを配る。さっそく取りかかり、わたしはいつもの道を走っていき、パークサイド沿いの道を曲がってウラトン・パークの入口を抜ける。すぐに息が切れるが、走りながらがんばってポピーの名前を叫ぶ。ときどき立ち止まり、公園の人たちにポピーを見なかったかと尋ねる。イーヴィの作ったポスターを見せるが、紙が汗で湿っている。走る……叫ぶ……尋ねる、を繰り返す。

公園をひとめぐりしたあと、ダービー・ロードを渡って大学の敷地内を探してまわり、ボートの浮かぶ湖と学部棟を通り過ぎる。ノッティンガムが急に迷路と化す。ポピーはどこにいてもおかしくない。どこかの家の垣根の下や庭で寝ているか、何マイルも離れたところにいるか、あるいはこちらがすぐそばを走り抜けたのに気づいていないだけなのか。

人間には四つの感情しかなく、悲しみはそのひとつだそうだが、悲しみにもさまざまな種類がある。喪失。失敗。放棄。憂鬱。不可避なものもあれば、必要なものもある。人間味が豊かなものもある。マイケル・ルーニックの漫画に描かれていた、小さな悲しい目をして首にロープをかけた男を思い出す。ロープが梁をまたいでさがっていて、反対側の先は大きなバケツにくくられている。男が泣くとバケツが涙で満たされ、男は地面から高く引きあげられる。イーヴィはまさにそんな姿で、爪先立ちをしながら涙でバケツを満たしている。泣くのをやめさせることさえできれば……。

暗くなってくる。疲労困憊だ。これ以上は、走るのものろのろ歩くのもままならない。重い足どりで一歩ずつ家に向かいながら、イーヴィに言いつくろうことばを考える。

角を曲がると、イーヴィが門のところで手を振っているのが見える。大声で叫んでいる。

「いた！　ポピーが見つかった！」

安堵の波が一気に押し寄せ、砂利の浜辺を穏やかに流れる水がささやく。「神さま、ありがとう」

55　エンジェル・フェイス

「来ると思ってた」女の人が言った。

チラシを郵便受けに入れようとしたら、ドアがあいて「ラブラドールね。金色の。犬の名前は？」その女の人は言った。

「ポピー」

「さあ、はいって。庭にいるの」

廊下を進み、テラスのドアを通って、敷石と手入れされた花壇がある小さな庭へ案内された。ポピーは観賞用の植物のたくさん載った手押し車につながれてた。

「首輪はないけど、飼い犬だと思ったのよ。こんなにきれいな子だから」

女の人は背が低くてずんぐりしてて、髪がプディング皿みたいだった。きゃんきゃん吠える犬を一匹腕にかかえ、脚もとではコッカースパニエルが二匹跳ねまわってた。

あたしはかがんでポピーに抱きついた。首もとに顔をうずめてきつく抱きしめると、ポピーはくんくんと鼻を鳴らしながら尻尾を振りつづけた。

「公園にいたら、ポピーが飛び跳ねながらやってきて、アジャックスとジョン・ブラウンとじゃれだしたの」女の人は言った。「みんな、とっても楽しそうだった。しばらく飼い主を探したんだけど、だれも来なくて。ポピーは家までいっしょについてきて、玄関ですわりこんだ。だから、最後は中に入れてあげたの。飼い主の人が探しに来るのはわかってたから」

喉が腫れて返事がしにくい。いまはまだ、サイラスにポピーを見つけた話をしてるところだ。サイラスはランニングシューズの紐をほどき、かかとにできた水ぶくれをながめてる。ポピーのほうは洗濯室の敷物の上でまるまって、自分が引き起こした騒動には知らんぷりだ。

「謝礼を払いますって約束したんだ」あたしは言う。

「向こうはお金を期待していないんじゃないかな」

「花を持っていく手もあるよ」

「いい考えだ」

「少し先にすてきな庭があったけど」

「花を盗むわけにはいかない」

「うん。わかった」水ぶくれがひどそうだ。「ポピーの首輪はしっかり締めなおしたけど、裏の柵の下にまだ穴があるから、家の外には出せないよね」

「修理しよう」サイラスは靴の紐を結びなおしながら言う。

「すぐじゃなくてもいいけど」

「やるよ」

サイラスは地下から金属の工具箱を持ってきて、庭の物置のほうへ歩いていく。しばらくすると、木挽き台を右腕にかかえて現れる。バランスをとるように、左肩に厚い板が何枚か載ってる。

サイラスは体をかがめて柵の下の穴を調べる。何本かの杭の地面に埋まったところが腐ってて、指で簡単に崩れる。ひざまずいて土を掻き出していく。

「手伝おうか」あたしは訊く。

サイラスは懐中電灯を渡し、汗まみれのTシャツを脱いで階段の上にほうり投げる。それから巻き尺を取り出して、隙間の長さを測る。

サイラスのタトゥーが目にはいる。胴と腕に彫られた鳥は、たいまつの明かりで輝く神話の生き物のようで、腕をまわしたり、体を曲げたり、板の長さを測って印をつけたりするたびに、新しい形に変わる。鉛筆を耳の後ろにはさんで、線に沿って力強く軽いリズムで手挽きのこぎりを前後に動かすと、ふわっとしたおがくずが草の上に落ちて、雪が少し積もったみたいになる。

「どこで覚えたの？」

「父が教えてくれた。道具も父のものだ」

工具箱の折り重ね式の抽斗をながめる。使い古された木の柄のたがねやドライバーが詰まってる。小さい斧もある。サイラスの家族に起こった出来事を考えるけど、すぐにそれを振り払う。

サイラスはまた膝を突き、穴にあてた板の大きさを測る。あたしは背中に走る血管や筋肉を見ないようにする。タトゥーの翼がすごくきれいに彫られてるから、指先を伸ばして羽根をなでたい、柔らかさを感じたいという思いと戦わなくちゃいけない。

「照らしてくれ」

「えっ？」

「懐中電灯」

「ああ、ごめん」

手もとに光をあてると、サイラスは板のほかの部分の長さを測り、のこぎりを動かしはじめる。まっすぐに立つと、へその下の黒いうぶ毛の筋が見え、骨盤のあたりにランニング用のレギンスのゴムが伸びてうっすらと影ができてるのもわかる。

「寒い？　セーターを持ってこようか」

「だいじょうぶだ」

「紅茶はどう？」

「ビールのほうがいいな」

家のなかへはいり、キッチンの窓からサイラスをちらちら見ながら、ばかなことはするな、と自分に言い聞かせる。冷蔵庫からハイネケンの瓶を二本取り出し、栓をあけて庭にもどる。

サイラスはビールを受けとり、一気に飲み干す。そして、あたしもビールを手にしてることに気づく。

「もう一本持ってきてくれたのか」サイラスは訊く。

あたしはぶつぶつ言って、瓶を差し出す。

サイラスは微笑んで言う。「嘘だよ。飲んだらいい」それから修理作業にもどる。

懐中電灯の光をあてながら、また視線がそれる。こんどはサイラスの口もとを見つめて、あの唇とキスしたらどんな感じだろうと想像する。細めの上唇はキューピッドの弓みたいな形で、下唇はふっくらとしてピンク色だ。舌でサイラスの歯にふれたらどんな感じがするのかな。

頭おかしいんじゃないの！

ばか女！

あたしはセックスや快感にすごく興味があるわけじゃない。体のふれ合いを求めてるわけでもないし、欲求不満を解消したいのでもない。だけど、サイラスには変な気持ちになってしまう。おかしい。

あいたドアからの明かりが芝生一面に漏れ、金色の光が紫色の筋といっしょに暗がりに放たれてる。サイラスが何か言ったみたい。顔をあげて、こっちが何か答えるのを待ってるけど、ぜんぜん聞いてなかった。何を訊かれたんだっけ。

サイラスは膝の汚れを払う。「だいじょうぶか、イーヴィ」

「なんで？」

「夕食に何を食べたいかと訊いたんだけど」

「ああ」

「角のパブはステーキがうまい。フィレ肉がこんなに分厚いんだ」親指と人差し指を三センチもあける。

「ベジタリアンなんだけど」

「ほかの料理もおいしいぞ」

「ならいいよ」小声で言う。

56

イーヴィは髪をヘアピンで留めて、念入りに編んだ髪を少し頬に垂らして顔を隠している。マスカラとアイシャドウで目は巨大に見え、肌はありえないほど青白い。媚を売る化粧はこすり落として、そばかすが見えるほうがいいのに、と思う。そうすれば年相応になる。

パブでは、にぎやかなカウンターから離れたレストランスペースのテーブルに席をとる。カウンターでは客たちがテレビでサッカーのチャンピオンズ・リーグの試合を観ていて、試合の動きにうなり声や歓声をあげている。

イーヴィがわたしの動作を真似る――ナプキンをひろげて膝の上に置き、メニューを読んでいる。こんなときは、心に傷を負った少女には見えない。自信を持ち、しっかり物を言い、ふつうになろうと実践している。

専門用語で言うと、わたしたちの関係は治療にともなう感情のせいですでに境界を越えている。弁護士を雇うとき、その弁護士が依頼人の無実を信じているかどうか、依頼人がともに時間を過ごしたいかどうかは重要ではない。外科医の場合も同じで、すばらしい仕事ぶりであるかぎり、患者の感情はどうでもいい。だが臨床心理士の場合は、観察と信頼と黙約と共感をともなうので、話が異なる。イーヴィのこととなると、わたしが危ない橋を渡ってしまうのは、求められる役割のすべて――保護者、精神科医、友人、相談相手――を果たせるのかどうか、自信がないからだ。

イーヴィには特別な能力がある。本人は呪いと呼んでいる。そのとおりかもしれない。ふつうの生活は送れないだろうが、守ってやりたい。ほかの人たちがイーヴィの能力に気づいたら、ほうっておかないだろう。その点はまさにガスリーの言っていたとおりだ。尋問、実験、臨床試験が果てしなくつづき、イーヴィはきっとモルモットや実験用のラットや怪物や兵器にされる。なんとしてもそれを阻止したい。

レストランは人手が少なく、ただひとりのウェイトレスはカウンターで若い男ふたりとしゃべっている。わたしは手を振るが、無視される。若い男の一方がイーヴィと目を合わせようと見つめている。イーヴィは気に留めていないようだ。ウェイトレスにもう一度合図を送る。反応がない。

イーヴィが立ちあがり、テーブルのあいだを縫うように進んで、ウェイトレスとふたりの男のあいだに割りこむ。

「今夜の３Ｐの打ち合わせを邪魔して悪いんだけど、こっちは注文しようとずっと待ってんのよ」

三人がいっせいに顔を向ける。ウェイトレスは怯えた表情だ。男ふたりは笑っている。一方の男の胸をイーヴィが人差し指で小突く。「こっちを見るのをやめないと、あのグラスを顔に叩きつけるよ」

男は笑みを消し、すっかり自信を失った様子であとずさりする。

イーヴィはテーブルにもどると、何事もなかったようにグラスの水をひと口飲む。

「あんなことはやめたほうがいい」わたしは言う。

「どんなこと？」

「恥をかかせることだよ」

「こっちを見てたから」

「見とれてたんだ」

「えっ？」

「今夜のきみはすてきに見えるから」

ほめことばに動揺して、イーヴィは鼻をひくつかせる。ほめことばを理解しないのは、それが期待を高めるものだからだ。わたしのことばが本心ではない、あるいは、ほかの者へ向けられるべきだとイーヴィは考えている。

ウェイトレスがやってきて、不安げにイーヴィを見やる。

「ラム・コーク」イーヴィは言う。「それとキノコのリゾット」

わたしはフィレステーキの胡椒ソース添えをミディアムレアで注文する。サラダはふたりで分けよう。

食事が来るのを待ちながら、イーヴィは飲み物を手にして椅子にもたれかかる。唇にあてたグラスのへり越しに、こちらを観察している。

「何かやってみたい仕事はあるか」わたしは切り出す。

その問いに重みを持たせるかのように、イーヴィは少し考える。

「動物といっしょにいる仕事がしたいな」

「獣医の助手とか？」

「犬を散歩させる人とか。きょう見たんだ。公園で犬を六匹連れた女の人がいて、バンの横に会社のロゴがあった」

「運転免許を持ってないだろ」

「わかってる」

「仮の免許証なら申請できるかもしれない」

イーヴィの顔が明るくなる。「ほんとに？」

「出生証明書かパスポートさえあればだいじょうぶだ」

「どっちもない」

「でも、裁判所から新しい身分をもらったじゃないか」

「証明書とかはないの」

これには驚かされるが、イーヴィはその事実を受け入れているようだ。殺人事件があった家の隠し部屋にいた以外の記録がないことを、わたしはあらためて思い出す。人はたいてい、どこかに属している。家族、学校、住区、国家。利益を共有し、グループに加わり、チームを支え、政党に投票し、部族を形作る。イーヴィにはそれが何もない。

「免許をとるためにどうすればいいか、確認してみるよ」わたしは言う。キャロライン・フェアファクスが助けてくれそうだ。

食事を終えようとするころ、ポケットベルが鳴り、レニーの電話番号が表示される。煙草の販売機の近くにある公衆電話から連絡する。

「ブライアン・ウィテカーは口を割らなかった。でも、あしたの午前中にもう一度尋問するつもり。未成年者との淫行は二年が相場だけど、それ以上にしたいのよ」

騒々しい音楽がレニーの後ろから聞こえる。レニーは電話口を少し離れ、だれかに音をさげるように言ってからもどる。

「技術班がようやくジョディ・シーアンの使い捨て携帯を特定したの。eBayで六台まとめて購入されたものだった。電波の情報から、ジョディが花火会場、フィッシュ・アンド・チップスの店、ジミー・ヴァービッチのパーティーにいたのを確認できた」

「ヴァービッチのところにいた時間は？」

「十五分くらいね。ジョディはどうやらフィリックスに頼まれて薬物を運んでいたようだけど、報告書からは省くことになりそう」

「ヴァービッチがそこまで圧力をかけているのか」

「そう」レニーは遠慮なく言う。「パーティーの客は二百人で、ここだけの話、そのうちのひとりは本部長よ」

話を理解する。「ヴァービッチ邸を出たあと、ジョディはどこへ行ったんだろう」

「携帯電話の電波によると、オールドマーケット広場まで歩いて、十時発クリフトンサウス行きの路面電車に乗った。ラディントン・レーン停留所でおりて、たぶん、そこから歩いて十分ほどのウィテカー家に向かってる。A五二号線の下の地下道をくぐってから、サマートン通りを歩いてね」

「そのときの時刻は？」

「十時四十五分」

「タズミンの話では、ジョディはウィテカー邸にはもどらなかった」

「電波によると、ジョディはウィテカー邸で三時間近く過ごしていて、そのせいでブライアンが厄介なことになってる。その電波は午前二時の直前に切れてる」

「どこで？」

「最も可能性が高い位置は――橋の上」

出来事が時系列の順に並びはじめている。匿名断酒会(AA)から帰ってきたブライアンは、自宅でジョディを見つけたか、そこで会う約束をしていた。ふたりはセックスをした。ジョディは恐喝しようとしたかもしれない。ふたりは口論になった。ブライアンはジョディのあとを尾けた。ジョディは殺された。

イーヴィの待つテーブルの受け皿に、勘定書とミント飴がひとつ置いてある。もうひとつの飴はイーヴィが舐めている。わたしは財布を開いてカードを取り出す。

「ごちそうさま」イーヴィはそう言いながら、ひと筋の髪を人差し指と親指でこすり合わせる。

「どういたしまして」

「ちゃんと返すから」

「そんなことしなくていい」

階段横のフックに掛けていたそれぞれのコートを手にして外へ出ると、冷たい空気が吹きつけてくる。晴れた日の夜は寒い。イーヴィが腕をからめてくる。自意識過剰かもしれないが、イーヴィはこちらがどう反応するかを不安に思っているらしい。歩くと腰と肩がぶつかり合う。

「クレアはどんな感じの人？」

「すてきだよ」ありきたりなことばだと思いながら言う。

「きれい？」

「ああ」

「弁護士だから、頭もいい？」

「そうだな」

「会えなくてさびしい？」

「ときどきね」

「結婚するの？」

「付き合いつづけるかどうかもわからない」

「クレアじゃなくてもいいけど……だれかとは結婚する？」

「するだろうな」

イーヴィは爪先立ちになり、ファッションショーのモデルのように足を交互に前へ出して歩く。

家に着いて玄関の錠をあけ、イーヴィを先に通そうと後ろにさがる。突然、イーヴィが体を押しつけてきて、わたしに激しく抱きつく。全身がこわばる。イーヴィは躊躇せずにキスをしてくる。キスというより、レスリングの締め技か、スピン・ザ・ボトル（瓶をまわし、止まったときに瓶が向いている人とキスをする子供の遊び）を何時間も体験した者のような突進だ。

わたしはイーヴィを押しのける。また迫ってくる。こんどはかなり強く押しのけて遠ざける。

「やめろ！」きつく言う。イーヴィの顔から血の気が引く。「どうしたんだ」

「あたしのこと、醜いと思ってるんでしょ」

「思っていない」

「傷物だって」

「思うはずがない」

「嘘よ！」

「こっちを見ろ、イーヴィ。もう一度質問するんだ」

「あたしを傷物だと思う？」

「思わない」

「醜いと思う？」

「思わない」

ようやくイーヴィは信じる。

「じゃあ、なんで？」

「職業上ふさわしくない」

「あたしの精神科医じゃないのに」

「保護者だ」

「だれにも言わないから」

「あってはならないことなんだよ、イーヴィ」

「どれくらい待てばいい？」

「時間の問題じゃない。これからもぜったいに起こらない。けっして」

イーヴィはわたしの顔を観察し、真意かどうかをたしかめる。真意だと知って、イーヴィは憤慨する。動揺する。屈辱と感じる。

こうなることを予想しておくべきだった。いや、予想していた。イーヴィが体を寄せてきたときに、こちらの反応を勘ちがいや誤解しないかと心配だった。イーヴィは何年もずっと自我を失い、他人に支配されて話を聞いてもらえない「制御障害」と呼ぶべき状態にあった。そんなところへ、何も求めず、判断を急かさず、過ちを罰しない人間として、わたしが現れたのだ。どんなひどいふるまいをしても、その原因がわかるのでむしろ評価してきた。イーヴィにとって、それはきわめて魅力的に映ったにちがいない。

わたしたちはまだ戸口にいる。イーヴィの体の隅々から、いつでも逃げたり、戦ったり、大地に呑みこまれたりできる気配を感じる。イーヴィはわたしの顔を思いきり平手打ちする。

「なぜそんなことを?」

「理由なんかない。ごめん。叩き返して」イーヴィは身構える。

「叩かない」

「お願い」

「叩かない」

57　エンジェル・フェイス

ばか女！

クソ女！

平手打ちのせいであたしの手はひりひりし、サイラスの頬には手の跡が白くついてる。まるで叩いたときに手がチョークの粉にまみれてたみたいだ。

サイラスと目を合わせないように、体を左右に揺らす。うっかり見てしまうのがこわい。キスしたとたん、サイラスはよそよそしくなった。顔にも、口にも、体にもふれようとしなかった。当然だ。ほかの男たちは体にふれてきたり、キスしたり、気持ち悪いことをしてきた。でもサイラスみたいな人とだったら、ちがうふうに感じるんじゃないかと思った。悪いことでもまちがったことでもないだろうって。

「氷をとってくる」あたしは言う。

「要らない。だいじょうぶだ」

「あたし、またひどいことをした」

「もういいんだ」

なんで怒らないの？　なんでぶたないの？

サイラスはドアをあけたままだ。

「出かけるの？」

「ちょっとね」

「あたしのせい？」

「ちがうよ。警察がジョディ・シーアンの最後の足どりをつかんだんだ。それを追ってみようと思ってね」

「いっしょに行ってもいい？」

「路面電車に乗るだけで――ちっともおもしろくないぞ」

「行きたい」

サイラスはためらう。

お願い、連れてって！　連れてって！

サイラスはうなずく。あたしはやっと息をして「さっきはごめんなさい」と言う。

「さっき？」

「キス」

「なんのことだ」

ノッティンガムの中心部でウーバーの車をおりると、道の向こうに白いマジパンで作ったようなヴィクトリア様式の大きな建物がある。霧のせいで、街灯が見えない糸で吊されたぼやけた黄色い玉みたいに見える。

まだ自分にむかついてて、ずっと静かにしてた。何考えてたのよ！　サイラスはハンサムじゃない。白衣の連中のひとりよ。ただの臨床心理士。おえっ。

寒さに包まれながら、ふたりで道路の脇に立つ。

「ジョディはここで何してたの？」

サイラスは顎を暗闇へ向ける。「この通りの先であったパーティーへ出かけたんだ」

半分ほんとうのことを言ってる。

「フィリックスに頼まれて何かを届けたんでしょ？」

サイラスは答えない。その必要はない。

ジョディの足どりをたどって、リージェント・ストリートを歩いていく。サイラスに追いつくには、ときどきスキップをしたり、一歩多く足を踏み出さなくちゃいけない。

街の中心部に近づくにつれ、パブやバーやレストランやファストフード店から出てくる人の数が増え、激辛チキンやハンバーガーやピザやケバブのにおいがする。市立図書館の横を通ってオールドマーケット広場を横切り、議事堂の陰にある路面電車の停留所まで行く。待ってるおおぜいの人のなかには、酔っぱらいやキスしてる人たちもいて、何人かはスマホをいじってる。

「ジョディはこんど来る電車に乗った」サイラスが時刻を確認しながら言う。販売機で切符を買ってくる。

五分経ち、新しい感じの路面電車が静かにやってきて、ホームに停車する。前のほうの車両に並んですわる。話をしたほうがいいのか、サイラスが集中できるようにだまってたほうがいいのか、よくわからない。サイラスは考え事をするときに額に深い皺が寄り、瞳は海辺のガラスのかけらみたいな緑色になる。まるでアイディアを探ろうとしてるか、遠く離れた目に見えない物体からの情報に耳を澄ましてるようだ。

路面電車はチープサイド通りに沿って東へ進み、ウィークデイ・クロスにぶつかって南へ曲がる。いくつかの場所は、ラングフォード・ホールからの日帰り外出で行ったことがある。

「監視カメラがあるよ」運転手の頭上を指さしながら言う。「だれかがジョディのあとを尾けてたのかな」

「たぶんね」

あたしは曲げた両脚をあげ、すねを両腕でかかえる。

「お兄さんが病気だったのは知ってたの？」と訊いてみる。「家族を殺されたときのことだけど」

「イライアスは十六歳からずっと薬を飲んでいた」

「事件の責任はお兄さんだと思う？」

「思わない」

「ふううん」あたしは言って、そのことばを信じていないことを伝える。「お兄さんはいまどこにいるの」

「ランプトンというところにいる。ここから北へ一時間ほど行ったところにある、監視つきの精神科病院だよ」

「行ったことはある？」

「ああ」

嘘はついてるけど、完全にというわけじゃない。

「前回訪ねたとき、ゼリーベイビー（赤ちゃんの形をしたゼリー菓子）を持っていかなかったせいで、イライアスがひと騒ぎ起こしてね」

「ゼリーベイビー？」

「イライアスのお気に入りなんだけど、訪問客は食べ物を持ちこむことができないんだ」

「事件のあと、お兄さんはどうなったの」

「心神耗弱を理由とする故殺での有罪を認めたよ」

「それは、いつか外に出てこられるってこと？」

「たぶんそうだ」

「臨床心理士になったのは事件のせい？」

「みんな、そう決めてかかる」

「自分じゃどう思ってんの」

「自己分析はしない主義なんだ」

　また嘘をついてる。

「祖父母たちが外科医にさせたがっていたのに心理学を選んだのは、自分が心に描いた仕事のなかでいちばんむずかしいと思ったからだ」

「どういうこと？」

「外科手術には原則がある。重要なのは、手でふれられる技術上のことだ。一方の心理学は、もっと直感や共感を頼りにする。外科医は手術が終わったあとに、結果をたしかめられるし、答もすべてわかる。判断が正しかったのかどうかを明言したり、予測や反省をしたりもできる。人はみなそんなふうに生きている。心理学に携わる者には、そのようなたしかなものはない。脳のなかに手を入れて中身を並べ替えることはできないんだ。指先で穴を探すことも、糸や鉗子で傷を治すこともできない。それでも、ひび割れに紙を貼り、繕い合わせて穴をふさがなくてはいけない。ことばとアイディアと思考によって、壊れたものを修理するんだ」

「世界を癒すことをめざすのね」あたしは言う。

「あるいは、自分を癒すか」

あまりに薄っぺらな答だ。心がこもってない。

「イライアスに会いたくないんでしょ」あたしは言う。「目の奥を見て、お兄さんのしたことを思い出したくない。兄弟だから愛すべきだと何度自分に言い聞かせても、お兄さんへの気持ちは変わらない」

サイラスは怒らず、むしろ悲しそうな顔をする。「もうやめてくれないか」

「何を？」

「そういうことをだ」

路面電車はつぎの停留所へ静かに向かってて、ここへ来るまでに車内の乗客は少しずついなくなってた。川を渡り、池沿いを進むと、線路がずっとまっすぐつづいてる。

「つぎでおりるぞ」サイラスが言う。

ラディントン・レーンのホームには屋根がなく、線路脇の照明の淡い黄色の光を浴びてる。

「こっちだ」サイラスは言う。

コンクリートの小道を進んでいくと、小ぎれいな二戸建ての家や田舎家が並んでる。ほとんどの家は真っ暗だけど、前を通ると防犯灯が点き、ときどきカーテンの向こうでテレビの灰色の画面がちらつく。

「だれがジョディを妊娠させたの？」

「おじだよ」

「レイプしたの？」

「わからない」

「クレイグ・ファーリーは？」

「ジョディを見つけただけじゃないかな」

「まだ生きてるときに？」

「死ぬ直前に」

ふううん、という音が鼻から漏れる。

「どういうことなんだろう」

58

ウィテカー邸は、二階のブラインドから漏れる四角い明かりのほかは真っ暗だ。戦後のこうした作りの一軒家の間取りは知っている。二階には三つの寝室とひとつのバスルームがあり、せまい階段の一部が折り返して二重になっている。一階には玄関広間、客間、キッチン、洗濯室があり、食堂からテラスや裏庭を見渡すことができる。

あの夜、ここへやってきたジョディの姿を頭に描く。あたりにはまだ、花火の煙と火薬のにおいが残っていたにちがいない。

「ジョディは鍵を持っていなかった」声に出して言う。「タズミンがテラスのドアをあけたままにしておくと約束していた」

「あけたの?」イーヴィが尋ねる。

「あけなかったんだ。タズミンは隠し事をしていたジョディを懲らしめようとした」

「だから歩いて帰ったってわけ」

携帯電話の電波によると、ジョディはここで三時間過ごした。ドアをノックするか、ほかの手立てを使って中にはいったはずだ。ブライアン・ウィテカーが入れてやったのかもしれない。

脇の小道沿いに目を向けると、小さな銀色のトレーラーハウスがある。エイデンは警察に、あの夜家にいたがジョディには会っていないと話している。エイデンが家の鍵を持っていたことはまちがいない。

角を曲がってくるヘッドライトに照らされ、わたしたちの顔が真っ白になる。イーヴィはとっさに手で覆って目を守る。黒塗りタクシーの特徴のある輪郭がわかる。ドゥーガル・シーアンはこちらに気づいていないらしく、急停止して運転席のドアをあける。少しして、玄関のドアをこぶしで強く叩き、プラスチックのボタンを押しつづけて家じゅうにチャイムを響かせる。

だれも出ない。ドゥーガルは文句を言いながら低い垣根を飛び越え、小道をゆっくりと走ってトレーラーハウスに向かう。

「エイデン」ドゥーガルが叫ぶ。「そこにいるんだろ?」

ドアの取っ手をまわそうとする。鍵がかかっている。はずそうとするが、うまくいかない。頭を少しさげて側面に肩をぶつけ、錆びたばねの上のトレーラーハウスを激しく揺する。

「出てこい、臆病者！」

「ここにいるんだ」わたしはイーヴィに言う。

ドゥーガルがシャベルを手にとり、トレーラーハウスの後ろの窓を叩き割ろうとする。三回目にうまくいき、ガラスが中へ砕け散る。ドゥーガルは右側へ移り、また別の窓を割りはじめる。

「ジョディに手を出したのか」怒鳴り声をあげる。「おまえなんだろ」

外へ出られないエイデンが助けを呼ぶ。フェリシティが寝間着にスリッパという姿で、家のなかから現れる。ドゥーガルに飛びかかり、腕をつかんでシャベルを奪おうとする。ドゥーガルはフェリシティを押しのけ、芝生へ突き飛ばす。フェリシティはまた立ちあがり、ドゥーガルの背中を殴りつけて、息子のことはほうっておいてと叫ぶ。

「ブライアンだったのよ！」フェリシティは泣き崩れる。「ブライアンだったの」

ドゥーガルがトレーラーハウスにシャベルを投げつける。ドアにぶつかって、アルミニウムがへこむ。

「ほんとうよ。お願い。エイデンを責めないで」フェリシティはドゥーガルを押さえてひざまずかせると、傷ついた子供を慰める母親のように、その顔を自分の胸に押しつける。

ドゥーガルは何か言おうとするが、フェリシティがその唇に指をあてて言う。「ほうっておいて。それがいちばんよ」

別の声がする。パジャマ姿のタズミンがテラスに立っている。「ママなの？　だいじょうぶ？」

「部屋へもどりなさい」フェリシティが言い、頬をぬぐう。そこではじめてわたしに気づく。一瞬の静寂のあと、鋭い光が目に走る。

「ここで何してるんですか」咎めるように言う。「ずっと見張ってたの？」

ドゥーガルが立ちあがる。「尾けてきたのか」

「ジョディの最後の足どりをたどってきました」

フェリシティの声が棘のあるささやきに変わる。「不法侵入よ」

わたしはドゥーガルのほうを向き、説明を求める。「エイデンは何をしたんですか」

「この敷地から出ていきなさい！」フェリシティが叫ぶ。「わたしたち家族のことはほうっておいて」

フェリシティの顔が怒りでゆがみ、こぶしが固く握りしめられる。ドゥーガルの半分ほどの体の大きさだが、正気ではなさそうなので、より恐ろしく感じる。

フェリシティの背後でトレーラーハウスのドアが勢いよく開く。エイデンが中から飛び出し、脚を空まわりさせるほどの勢いで芝生を蹴りあげると、黒塗りタクシーとイーヴィの横を抜け、脇の小道を走って通りへ出る。小さな真っ黒のリュックサックが背中でゆさゆさと揺れる。

フェリシティがエイデンに止まるよう叫ぶ。「だいじょうぶよ。何も悪いことはしてないんだから」

ドゥーガルが立ちあがって追いかけようとするが、フェリシティがすがりつき、やめるように懇願する。ドゥーガルは追いつくのは無理だとあきらめ、わたしが通りに出たころには、もうエイデンの姿は消えている。

「あっちへ行ったよ」イーヴィがシルバーデール・ウォークのほうを指さして言う。

わたしは耳を澄まし、エイデンが橋を渡って草地沿いのアスファルトの小道を歩く音がまだ聞こえるのではないかと想像するが、聞こえてくるのは、フェリシティが涙ながらに息子へ帰れと呼びかける声だけだ。

59　エンジェル・フェイス

隣のサイラスに足並みをそろえ、小道を橋まで歩きながら池の柵の向こうをながめる。

「なんでジョディはこの道を通ったのかな」

「家へ帰るいちばんの近道だ」

あたしは口を動かして「家（ホーム）」とつぶやく。単純なことなんだろうけど、これまでその意味がわかったためしがない。家（ホーム）って、場所なのか、ことばなのか、文化なのか、気候なのか、地理なのか。人は家を離れると、ホームシックになったり、ホームレスになったりする。家の意味は、人それぞれにちがうんだろうか。自分で作りあげていくもの？　自分を完全にしてくれるもの？

袖で鼻をぬぐう。「さっきの子、なんで逃げたの？」

「わからない」

「怯えてるみたいだった」

「ああ」

サイラスは動きを止め、木立のてっぺんへ顔を向ける。まるでそよ風のにおいを嗅いでるみたいだ。そして、なんの前ぶれもなく道をそれる。

「どこへ行くの？」

「あの木立の向こうに——古い狩猟小屋がある。ちょっとたしかめたいんだ」

先を行くサイラスに手を引かれ、ぬかるんだ道を進んでいく。ところどころ幅がせまくて、ブーツで踏むと柔らかい。蜘蛛の巣が頬をかすめて破れる。足音の合間に、夜の音がかすかに聞こえる。

やっと小屋が見えてくる。蔓が垂木にまで伸びて、トランプで作った家の片側が倒れたみたいな感じだ。屋根の一部が崩れて、残った壁を地面にねじ伏せようとしてる。

「ここで待っていてくれ」サイラスが言う。

「行かないでよ」

「電話を持っているだろう？」

あたしはうなずく。

「十五分経ってももどらなかったら、警察に連絡してくれ」

「十分にする」

「わかった」

サイラスの姿が深い闇のなかで見えなくなるけど、木の階段を踏んできしむ音は聞こえる。

「エイデン？」サイラスの声がする。でも、返事はない。

木々がこっちへ傾き、頭の上を覆って夜空より暗くなってるけど、蜘蛛の巣や露のしずくでうっすらと銀色にふちどられたところもある。夜の音を理解するのは慣れてる。虫や鳥の声じゃなく、床板のきしみや、枝のうなりや、闇での人の息づかいのことだけど。

時間が流れる。サイラスがスマホを見る。画面が明るくて、一瞬目がくらむ。何分経ったかはわからない。サイラスがいつ出たかを覚えてない。もう十分は経ったはずだ。もっと長かったかも。そっと名前を呼ぶ。声を大きくする。

「置き去りにしないで」そう言いたくなる。

ゲームのつもり？　隠れてるの？　怪我してない？

少し経って声が聞こえる。サイラスが来る。エイデンといっしょだ。エイデンは目を伏せたままで、あたしには気づいてない。髪が乱れてぼさぼさだ。落ち葉の上で靴を引きずって歩いてる。

「こちらはイーヴィ」サイラスが言う。握手はしない。視線も交わさない。

「もう家に帰るよね」あたしは訊く。

「ああ」

もう零時を過ぎてる。やかんが冷めていく。紅茶を淹れたところだ。エイデンは靴を足のあいだに置いてテーブルの前にすわり、ときどき髪を掻きあげる。女の子みたいだ。たいていの子よりかわいい。あたしよりも。

サイラスがエイデンにお腹が空いてるかと尋ねる。エイデンは首を横に振る。

「煙草はありますか」

洗濯室の乾燥機の上の棚にひと箱置いてあったから、そのうちの一本をエイデンに渡す。

ポピーが、寝床にしてる特大の枝編み細工の籠から顔をあげる。

「煙草は庭で吸うことになってるの」あたしは言う。「サイラスが副流煙のことでうるさいから」

「今夜は例外にしよう」サイラスが言う。

あたしは眉を吊りあげてみせる。

「もう寝たほうがいいんじゃないか、イーヴィ」

「平気」

サイラスの顔がドアのほうに向くけど、あたしは煙草を手にとって火をつけ、灰皿をエイデンと自分のあいだに置く。サイラスが窓をあける。また腰をおろす。

「さっきはどうしたんだ――おじさんとやり合っていただろう」

エイデンは肩をすくめる。目を伏せて、何か口ごもる。

もう一度サイラスが問いかける。「ジョディは死んだ夜にきみのトレーラーハウスへやってきた。ドアをノックしたんじゃないのか」

エイデンが答えるまでもない。何を考えてるか、お見通しだ。体全体で物語ってる。

「きみたちは付き合ってどれくらいだったのかな」

「五カ月」肺を煙で満たしながら、エイデンが言う。

「ほかにだれが知ってたんだ」

「だれも」

「ほんとうに？」

エイデンは窓に映った自分を見つめてる。

「だれにも言えませんでした。マギーおばさんが知ったら、気が変になってしまったと思います。カトリックですから。ジョディとは小さいころからいっしょに育ちました。たいていの時期は、妹みたいなうるさいガキがもうひとりいるとだけ思ってたんですけど、それが……」いったんことばを切り、また話しだす。「タズミンの十六歳の誕生日に、うちでお泊まり会をしたんです。みんな女の子で、パジャマ姿でゲームをしたり、くだらないヒット曲に合わせて家じゅうで踊ったりしてました。レモネードにウォッカをこっそり入れたりしてね。ぼくには大人としての責任があったけど、ほっときました。ピザの代金を払ったあと、姿を消して外のトレーラーハウスへ移ったんです。タズミンはかくれんぼをしたがってました。女の子たちが庭や二階で隠れる場所を探してるのが聞こえたんです。すると、ジョディがトレーラーハウスに飛びこんできて、隠してくれって頼みました。ぼくはほかを探すように言いました。だって――見ましたよね――あそこは隠れる場所や隙間なんてぜんぜんないから。そのうち、タズミンが数をかぞえて〝もういいかい〟と叫ぶのが聞こえました。そうしたら、ジョディがぼくの使ってる上掛けにもぐりこんできて、すぐ横で顔をぼくの胸に載せたまま、腕や脚をからませてきたんです」

エイデンは顔をあげ、サイラスに訴えかける。

「何を考えてるかわかりますけど、そういうのじゃない。あの晩まで、ジョディはただのジョディだった。ぼくらはいっしょに育ちました。ビニールプールで水遊びしたり、モノポリーをしたり、テレビのリモコンを奪い合ったりして。ジョディはいとこです。女の子だとも思ってなかった。でもそのとき、体がからみ合い、ジョディの顔がぼくの胸に載った。ジョディのあたたかい息を感じ、シャンプーのにおいがした。タズミンがいきなりドアをあけてはいってきて、ジョディを見なかったかと尋ねました。見てないと言うと、妹は出ていきました。ジョディはじっとしてました。しばらくそのままぼくに抱きついてて、顔は見えなかったけど、体はあたたかかった。ようやくジョディは上掛けを押しのけて、ぼくを見あげたんです。瞳が輝いてました。それまでは、頰にさえキスしたことなかったけど、ぼくらは映画みたいなちゃんとしたキスをしました。ジョディはガムを嚙んでた。そのガムの塊はぼくの口に残った。お互い、相手のために息を吹きこんでるみたいだった」

「その晩、きみたちはセックスしたのか」

「そのときはしてません。もっとあとです」

「ジョディは処女だったのかな」

エイデンはうなずく。

「ジョディの妊娠は知っていたね」

「ああ、はい」

サイラスがこっちを見て、無言で尋ねてくる。あたしはうなずく。エイデンはほんとうのことを言ってる。

エイデンは話をつづける。「ぼくらは避妊にはじゅうぶん気をつけてるつもりでした。ジョディはピルを飲みたがってましたけど、マギーおばさんに見つかったら何を言われるかは、ぼくたちもわかってました」

「ほかの人には言ったのかい」

「最初はだれにも言わなかったけど、妊娠したあと、ジョディはむずかしいジャンプの練習をつづけたくなかったから、ぼくの父に話しました。トリプルアクセルができるのをめざしてたんですけど、転倒したらお腹の子を傷つけることはわかってましたから」

「お父さんは相手がきみだと知ってたのかな」

「いえ。ジョディは話しませんでしたから。父さんは中絶させようとしました。こっそりやれば、だれにも知られることはないし、スケートをつづけて学校にもそのまま残れると言ったそうです」

「でも、ジョディは産みたかったんだね」サイラスは言う。

エイデンは煙草を揉み消しながらうなずく。二本目へ手を伸ばす。

「違法じゃないんですよ。いとこ同士が結婚した例はたくさんあって――子供も生まれた。調べたんです。チャールズ・ダーウィンはいとこと結婚し、アルバート・アインシュタインもそうだった。ヴィクトリア女王とアルバート王子もいとこ同士です。タブーとか、そんなことはない。元気な赤ちゃんがきっと生まれたはずです」

「きみたちは駆け落ちする計画を立てた」サイラスが言う。「どこへ行くつもりだったんだ」

「ロンドンへ行って部屋を借りるつもりでした」

「法律の学位はどうするんだ――奨学金は？」

「弁護士になんかなりたくない。一度もなりたいと思ったことはありません。母のために出願したんです。母の夢だったから――ぼくの夢じゃない」

「きみの夢は？」

「曲を作ったり、プロデュースしたり。雲をつかむようなものだと思われてるけど、そんなことはない。聴いてみてください。CDもある」足もとの鞄を掻きまわし、〝寝室で録音〟と手書きされたUSBメモリーをサイラスに手渡す。「ぜったいにやれると思うんです。うまくいかなかったら、大学へ行けばいい」

エイデンは同意を求めるように、サイラスとあたしの顔を順に見る。両親に思いきって話す前に、きっと頭のなかで何千回も考えて、自分を納得させたにちがいない。

「警察はジョディのお腹の子のDNAを採取した」サイラスが言う。「きみは父親じゃない」

「嘘だ！　まちがいです。父のはずがない……ジョディだって、そんなことはしない」まだサイラスがこっちを見る。またうなずき返す。エイデンは自分が正しいと信じてるけど、事実なのかどうかはわからない。

「きみがジョディと寝ていたことを知っていたのは、だれだろう」サイラスは尋ねる。

「だれもいません」

「きみのお母さんはどうかな」

「知りませんよ。いつだったか、もう少しで見つかりそうになったことがあって、母はずいぶん取り乱してました。ぼくは嘘をつきました。ちょっとふざけてただけだよって。母は強い口調で、ジョディは未成年で、しかもいとこだ、ドゥーガルとマギーが知ったらひどく悲しむから、二度とそんなふうにジョディに接してはいけない、と言い渡しました。ぼくはジョディとはほんとうに何もないと言って、これからもないと母さんに約束したんです」

「それはいつのことだろう」

エイデンは少しだまって、思い出そうとする。「九月のはじめだと思います」

「ジョディの妊娠を知る前だね」

「はい」

サイラスは日付を計算し、時系列の順に並べなおしているようだ。「ジョディがトレーラーハウスにやってきたあの夜、何があったのかな」

「何もありません。ジョディは体が冷えてて、疲れきってたんです。パーティーで体をさわってくるすけべ親父がいて、金を払うからセックスしないかと誘ったんで、ジョディは逃げてきたんですよ」

「それで、きみは？」

「紅茶を淹れた。少し話をして……」

「いっしょに寝た、と」

エイデンはうなずく。

「コンドームを使った理由は？」

「いつもの習慣です」エイデンは皮肉をこめずに言う。

「あの夜、なぜジョディは家に帰ろうと思ったんだろうか」

エイデンはかぶりを振る。「わかりません。トレーラーハウスを出たあとは、タズミンの部屋にこっそりはいって寝ると思ってました。いつもそうしてたから。ぼくの鍵を渡しましたし」

「何時ごろのことかな」

「一時か、二時か。ジョディは練習があるから六時には起きなきゃいけなくて」サイラスは流しの上の時計を見る。もうすぐ午前二時だ。

「今夜はここで寝ていい。警察には、あすの朝連絡しよう」こっちを向く。「エイデンのベッドを準備するのを手伝ってくれるかな」

あたしはうなずき、灰皿を空にしてから、マグカップを集めて流しに入れる。

「お母さんに電話して、無事だと伝えるんだ」サイラスが言う。

エイデンはためらう。「話したくない」

「朝までには電話しろよ」

二階で、サイラスから予備の毛布とシーツがある場所を教わる。ふたりでベッドの準備をするけど、サイラスはぜんぜん役に立たない。病院の看護師がするみたいに、あたしはベッドの四隅をきれいに整えることができる。ラングフォード・ホールで毎日チェックされてたから。

「エイデンはほんとうのことを話してたよ」

「ほんとうだと信じていることをね」サイラスが返す。

「これからどうするの？」

「警察にまかせる」

あたしは枕を顎ではさみ、揺すりながら枕カバーに入れる。

「ジョディ・シーアンを殺した犯人はわかった？」

「まだわからない」

「ふううん」

サイラスは眉をひそめる。「疑っているときは、いつもその変な声を出すんだな」

「ふううん」

60

陽光が液体さながらに、ブラインドから低く斜めに差しこみ、捜査本部に置かれたコンピューターの画面や何も書かれていないホワイトボードに反射している。わたしの隣にすわっているエイデンはきのうの服を着たままだが、シャワーを浴びて髪を梳かしたあとだ。レニーは自分のオフィスで会議中だ。閉まったドアの向こうから、興奮した声がいくつか響く。そのひとつに聞き覚えがある。

アントニアが事務机から顔をあげる。

わたしは小声で訊く。「だれかな」

アントニアは大げさに言う。「ティモシー・ヘラー＝スミスとジミー・ヴァービッチよ」

「用件は？」

アントニアは手招きで呼び寄せてから、耳打ちする。

「わからないけど、フィリックス・シーアンと関係があるかも。顎の骨折と内出血で入院中なの」

「何があったんだ」

「元売りから盗みを働いて殴られたんだとレニーは踏んでる。はじめは警察に保護を求めてたんだけど、あとで考えを変えたそうよ」

突然、オフィスのドアが開く。それが体内モーターを動かすきっかけとなるかのように、アントニアがさっと腰をあげる。せわしなく歩きだして、コートや帽子やマフラーを取りにいく。

ヘラー＝スミスがわたしに気づいて、せせら笑う。

「やあ、ドクター・ヘイヴン。怖じ気知らず（シュリンク）の精神科医（シュリンク）殿」

「どこかでお会いしましたか」わたしは尋ねる。

「会ってはいないが、噂は聞いとるよ。パーヴェル警部のお気に入りらしいとね。こういうのは性差別かな」

こんなおもしろがり方をするのか。レニーの目に嫌悪の念がほの見えるが、何も言わないだろう。

「たしか、おふたりは知り合いでしたな」ヘラー＝スミスはジミーを手で示して言う。

わたしたちはうなずくが、握手はしない。

「ご心労とご不便をこうむったとのご説明がヴァービッチ議員からあり、ノッティンガムシャー警察として正式にお詫び申しあげたところだ。本部長は、いやがらせの一歩手前だと考えている」

「パーヴェル捜査官は職務を全うしただけでしょう」ジミーが言う。「他意はなかったにちがいない」

「ありません」レニーが言う。

ヘラー＝スミスはそのひとことを無視する。「シーアン家からも、警察は無神経で強引だという苦情が届いておる」

「回答案を用意します」レニーは言う。

「ああ、そうしてくれ」

ヘラー＝スミスはエイデンに気づく。

「あててやろう――別の容疑者だな。こんどはだれだ」

エイデンはじっと動かない。わたしはレニーに向けて、ふたりだけで話したいと視線を送るが、いまこの場ではどうしようもない。「こちらはエイデン・ウィテカーです」わたしは言う。「供述をしたいと」

「ジョディ・シーアンを殺したのか？」

「いいえ。ジョディを妊娠させたのは自分だと主張しています」

「ほかにもいたのか！　一発やった相手のリストを作ったらどうだ」

「ジョディは殺されたんですよ」わたしは歯噛みしながら言う。

「その事件の捜査は終わったよ」ヘラー＝スミスは応じる。

「おことばですが、それはあなたがお決めになることではありません」レニーが前に出て言う。「事件はまだわたしが捜査中で、いつ終えるのかもこちらで決めさせてもらいます」

ヘラー＝スミスは苦笑いをして、頬を掻く。あとでどんな侮辱や罵りを返してやろうかと、見えない帳面に書き留めているかのようだ。

「またひとつ、異動の理由ができたようだな」ヘラー＝スミスがだれにともなく言う。

「そうかもしれませんが、月曜まではつづけます」

男たちが立ち去る。ヘラー＝スミスは怒鳴りながら廊下を歩いていき、捜査本部の前を通るときにはひときわ声をあげて、レニーをどう思っているかを周囲に知らしめる。

レニーは横目で気怠げにこちらを見やるが、視線は合わせない。

「タイミングが悪い」わたしにそう不平をつぶやきながらも、エイデンを観察する。

「事件の夜、エイデンはジョディといた」わたしは説明する。

「トレーラーハウスでいっしょだった。妊娠させたのは自分だと言い張っている」

「それはおかしい。いとこはDNAの特徴に合わないんだから」

エイデンが首を左右に振る。「いや、ぼくが父親です」

「お父さんをかばうつもり？」

「ちがう。ぼくはジョディを愛してた」

レニーは深く息をつき、アントニアに叫ぶ。「ネスを呼んで」

「電話口にですか」

「ちがう、ここによ。早く！」

61　エンジェル・フェイス

ポピーが庭のリスに吠えてる。

「静かにしなさい」近所の人たちに文句を言われるかもと心配して、ポピーに言う。ポピーはくるくるまわりながら濡れた芝生を駆けまわり、立ち止まってリスに振り返る。まるで「こんどは捕まえてやる」と言ってるみたいだ。

あたしは裸足にパジャマという恰好で、毛布にくるまって裏の階段にすわってる。ポピーが尻尾であたしの太腿をはたき、あたしは耳の後ろを掻いてあげる。幸せってこういう感じなのかな。

サイラスがいなくてさびしい。サイラスの足音、サイラスが蛇口をひねるときの水道の音、サイラスがバーベルを受け台に落とすときの金属がぶつかる音。どれも聞けなくてさびしい。あの人のいない家は空っぽに感じる。

家のなかへもどりながら、サイラスの本を読もうか、髪にビーズを編みこもうか、テレビを観ようかと考える。テレビのチャンネルを変えていくと、だれかが田舎の家を買ったり、キッチンの便利な道具をひけらかしたり、法廷でどなり合ったりしてる。

郵便受けの開く音が廊下に響く。玄関マットにビニールで包まれた新聞が転がってて、いっしょに午前の郵便物もある。封筒ふたつと、アイルランドの切手が貼られたはがきが一枚。はがきの写真はアラン諸島の岩だらけの海岸だ。宛先の横に走り書きがある。〝両親にかまうな〟。

どういう意味かわからないけど、サイラスのために机に置いておく。

新聞をビニールから出して、ブライアン・ウィテカーの逮捕を伝える記事を読む。写真の男はパトカーの後ろの座席で頭からコートをすっぽりかぶってる。これならだれでもいい。記事には、ブライアンのスケートでの経歴や、ジョディ・シーアンがよちよち歩きのころから指導してきたことがくわしく書いてある。

玄関のチャイムが鳴り、そのまま止まらない。だれかがボタンを指で押しつづけてる。文句を言おうとして出ると、女に押しのけられ、バランスを崩しそうになる。

「どこにいるのよ」

「サイラスはここにいない」

女が部屋から部屋へと移動する。だれかを探してる。

「エイデンはどこ？」

「ふたりは警察に行った」

「連れてきて！」

「えっ？」

「連れてきてと言ってるのよ」

「無理よ」

「い、い、い、連れてきなさい！」女は大声で叫ぶ。逆上してる。めちゃくちゃだ。

あたしは尻ごみして、後ろにさがる。「サイラスは電話を持ってない」

女は深く息を吸ってから謝る。「お願い。エイデンに話があるのよ」

この女は、きっとエイデンの母親のフェリシティ・ウィテカーだ。きのうの夜、自宅にいたけど、あたしは顔を合わせてない。

「メッセージなら送れるけど」

スマホに文字を打ちこんでると、フェリシティがそばに寄ってくる。

「エイデンをかならず連れてこさせて。ほかは要らないから。警察も要らない」

送信する。メッセージが消える。

ポピーが裏のドアのところへやってきて、鼻を鳴らしたり引っ掻いたりして、中にはいりたがってる。

「何の音？」

「うちの犬」

「どこ行くのよ」

「入れてあげるの。ポピーは襲ったりしないから」

「だめ！　ほうっておきなさい」

毛布が肩から落ちる。パジャマを見られる。

「あなた、あの人の娘？」

「えっ？」

あたしの知能が遅れてるみたいに、ゆっくりと話す。「あなたは……あの人の……娘？」

「ちがう。あたしは……サイラスの……里子」

「あなたの母親は？」

「死んだ」

フェリシティはあたしの無愛想な返事に驚く。

「何があったの？」

「どうだっていい。紅茶でも飲む？」

「要らない」

「コーヒーも淹れられるけど」

「要らない」

フェリシティはその場を行ったり来たりしながら、考えを追い払おうとでもしてるのか、こぶしで何度も自分の頭を叩く。何かつぶやいてる。ポピーが吠える。あたしは流しの上の時計に目を向ける。なんでサイラスは電話してこないの？

「電話したら？」フェリシティがスマホを指さして言う。

「さっきも言ったけど——サイラスは携帯電話を持ってないんだって。変に思うのはわかる。固定電話もないの」

「だまそうとしてもだめよ。電話しなさい」

「嘘じゃない」

殴ってくるのは予想できたけど、止められない。顔を手の甲で殴られ、横に倒れた勢いでドア枠に頭をぶつける。ずり落ちながら目の前に火花が散り、あたしは目をぱちくりさせる。

フェリシティはあたしのポニーテールをつかみ、顔を自分のほうへ向ける。

「電話しなさい！　警察は連れてくるなと伝えて。エイデンだけでいい。ほかは要らない」

62

ポケットベルに目をやると、イーヴィの電話番号が表示されている。

エイデンを家に連れてきて。それがメッセージだ。すぐに二件目が届く。**警察には連絡しないで。**

レニーをちらりと見る。

「どうしたの」レニーが訊く。

「電話を借りてもいいかな」

イーヴィの番号に電話をかけ、呼び出し音を聞く。イーヴィが出る。

「サイラス？」

「だいじょうぶか」

「息子を連れてきなさい！　いますぐ！」フェリシティ・ウィテカーが怒鳴っている。

「フェリシティ？」

「エイデンを連れてきて」

「息子さんは刑事と話をしているところです」

「やめさせて」

「なぜですか。どうかしましたか」

「エイデンに、何も言うなと伝えなさい！」

「ウェスト・ブリッジフォード署にいます。こちらに来て、話をしたらどうですか」

「ここへ連れてきなさい」

「それはできません」

長い沈黙がつづくが、息づかいは聞こえる。

「フェリシティ、いるんでしょう？　イーヴィと話をさせてください」

「エイデンは何も悪いことをしてない」フェリシティがようやく話す。

「わかっています」

「警察に伝えなさい」

「そうします。イーヴィを電話口に出してください」

「だめ。話を聞いてないでしょ。いますぐエイデンを連れてきなさい」

「すぐに帰宅しますよ」

「連れてきなさい。そうしないとこの子を……痛めつける。殺してやる。それから自殺する。エイデンを連れてきなさい。さもないとこの子は死ぬ」

電話が切れる。突然、わたしの心臓は脳があるべき場所へ移り、こめかみの奥で血が脈打つ。レニーが人気のない捜査本部に響き渡る大声で指示を出しているのがかすかに聞こえる。特殊対策班を呼びなさい。サイレンは鳴らさないで。無線も使わないで。

矢継ぎ早に繰り出す命令の合間に、レニーはフェリシティ・ウィテカーとわが家の間取りについて質問してくる。出入口や接近できる場所がいくつあるか。窓は施錠されているか。相手は武器を持っているか。どんな様子だったか。

「うろたえていた」わたしは言う。

「理性をなくした感じ？」

「そう」

「その子は――イーヴィは――パニックを起こしそう？」

ことばに詰まり、考える。ラングフォード・ホールでイーヴィがブロディの刃物を取りあげたときのことを思い出す。あのとき、イーヴィはずっと冷静で落ち着き払っていた。

「イーヴィは逃げる方法を考えるはずだ」

話をつづけながら、いっしょに移動する。階段をおりて駐車場にはいると、覆面警察車が三台待機している。レニーが先頭車両のトランクから黒い防弾ヴェストを引っ張り出し、こちらに投げてよこす。

「ほんとうに必要かな」

「着けないなら、ここにいなさい」

道すがら、さらに質問されるが、ほとんどはフェリシティの精神状態に関するものだ。

「精神疾患にかかったことはある？」

「わからない」

「人質をとった理由は？」

「エイデンが警察と話をするのをよく思っていない」

「なぜ？」

「息子の将来が危うくなると心配しているんだろう。エイデンはケンブリッジで法律を学ぶ予定だ。全額支給の奨学金でね」

「いとこと寝たところで、危うくはならないでしょうに」

「ジョディは未成年だったからな」

「でも、たいして歳が離れてるわけでもないじゃない」

レニーが電話に出る。一方の会話しか聞こえない。

「ヘリコプターは無理……ドローン？　音はどのくらい……了解。そう……ミセス・ウィテカーを警戒させずに、できるかぎりの人を避難させて。静かにね」

レニーはこちらに振り向く。「前からでも後ろからでもいいんだけど、近くに家の全景を見渡せる場所はある？」

「向かいの家からなら」

「わかった。あとは部屋の間取り図が必要ね。描いてもらったほうがいいかもしれない。ふたりはどの部屋にいそう？」

「キッチンだな、おそらく。家の裏だ」

車はウラトン・パークに近づいている。ポケットベルが鳴る。またイーヴィからメッセージだ。

どこにいるの？

63　エンジェル・フェイス

「ごめんなさい、ごめんなさい。ぶつつもりはなかったのよ」

フェリシティが大げさに騒ぎながら、冷凍庫のなかの凍ったエンドウ豆をあさってる。

「ふだんはエイデンにもタズミンにも手をあげたりしないのよ。自分でも何が起こったのかわからない」

目を左右にそわそわ動かしながら、キッチンを行ったり来たりする。薬を過剰摂取した人を見たことがある。怒ったりハイになったり幻聴を聞いたりしておかしくなったやつらもたくさん見てきたけど、こんな感じじゃなかった。

「二階で待つよ」あたしは言う。

「だめ」

「着替えなくちゃ」

「ここにいなさい」

「トイレにも行きたい」漏れそうだと伝えるために、脚をもぞもぞさせる。

「一階にもあるでしょう」

手にとろうとしたスマホを奪われる。

「サイラスから電話が来たらどうする？」

「わたしが出る」

トイレは洗濯室の先にある。あたしはドアの錠をかけてから、窓を見る。あれじゃ、小さすぎて抜け出せない。サイラスが来るまでここにいるほうがいいかも。

「音がしないけど」ドアの向こうから声がする。

「人がいると気になるから」

「さっさとすますか、そこから出てきなさい」

あたしの電話が鳴ってる。フェリシティが出て、「エイデンはどこにいるのよ」と訊く。

返事をする声は聞こえないけど、きっとサイラスだ。

しばらくして、ドアがノックされる。

「あなたと話がしたいそうよ。だいじょうぶだと伝えなさい」

ドアの錠をあけて出る。サイラスの声がスマホのスピーカーから聞こえる。

「もしもし」

「だいじょうぶか」

「うん」

「そう言わされてるんだな」サイラスが言う。

フェリシティが割りこむ。「この子は元気よ。エイデンはどこ？」

「出てきてくれれば、会えますよ」

「いやよ！」

「エイデンはジョディを傷つけていません。あなたが守ってやる必要はない。警察で供述をしているだけです」

フェリシティは小声で毒づく。「供述なんかさせない！」

「そんな要求は通りません」

「息子に会わせなさい！」フェリシティは大声で叫び、レンジ横の木の包丁立てからナイフをつかむ。

「落ち着いてください」サイラスは言う。

「落ち着けるわけがない！」

「ナイフを持ってる！」あたしは叫び、相手の腕をくぐって戸口へ逃げようとする。フェリシティに髪をつかまれ、引きもどされる。痛くて声をあげる。

サイラスには全部聞こえたはずだ。

「イーヴィに手を出すな」サイラスが訴えかける。「イーヴィ、無事か？　聞こえるか？」

フェリシティがあたしの首にナイフをあてる。「返事しなさい」

「ここにいる」

「怪我していないか」

「うん」

「ほんとうだな？」

「うん」

サイラスはほっと息をついたけど、しばらく何も話さない。まるでことばを失ったみたい。そしてようやく話す。「フェリシティ、わたしを中に入れてください」

「エイデンが来ないなら、だめ」

「交換はどうだろう。わたしをイーヴィのかわりにすればいい」

「だめ」

「イーヴィはまだ子供だ」

「エイデンもよ」

「警察はエイデンを暴力沙汰の起こっている家のなかへは行かせません――あなたがナイフを握っているかぎりはね。話をしましょう」

「エイデンを連れてきて。話はそれからよ」

64

何台もの警察車両が路上に斜めに停められ、それぞれの間隔が少しずつ縮まって、検問所の形を成している。いちばん外の環は家から百メートルほど離れていて、制服警官が野次馬をバリケードの向こうへ遠ざけている。ほとんどは近所の人たちで、不安な心をテロや籠城戦といった止め処のない噂で満たしていることだろう。

「人質交渉人が着くまで、まだ四十分かかる」レニーが言う。

「その訓練なら受けている」わたしは言う。

「あなたは個人的にかかわりすぎてる」

「家の間取りを知っている。フェリシティ・ウィテカーのことも」

「人質をふたりもとられるつもりはないの」

「向こうがイーヴィの解放に同意したら？」

「ことわられたばかりでしょ」

さらに多くの警官がやってくる。黒い防弾ヴェストにヘルメットという姿で、ライフルと破城槌とシールドを携えている。特殊対策班の隊長はハリウッド俳優そのままの彫りの深い顔の持ち主で、髪型はジョージ・クルーニー風だ。

「十五分で準備します」その隊長がレニーに伝える。交渉が失敗したと見なされるまでは、レニーが全体の指揮を執りつづける。

「中は見える？」レニーが尋ねる。

「キッチンが見えていたんですが、ブラインドをおろされました」エドガーが言う。

「音は拾えてる？」

「指向性マイクの調子があまりよくありません」

レニーはわたしを見る。「もう一度、電話して」

イーヴィの携帯に電話をかける。留守電につながる。もう一度かける。出ない。

「エイデンをここへ連れてこられないかな」

「いま向かってるところよ」

レニーは特殊対策班に手ぶりで指示を出す。隊員たちは、生け垣の奥や停めた車の陰、そして現場を見渡せる近所の家々の窓際に配置されている。

「あなたならどうする？」レニーは尋ねる。

「もっと時間を与える。相手はふたりの子を持つ中年の母親だ。指名手配中のテロリストじゃない」

レニーは家をじっと見つめている。あすの新聞の見出しを考えているかのようだ。「じゃあ、まずはイーヴィ・コーマックの無事を確認したい」

車の前の座席から拡声器をつかみ、わたしについてくるよう合図する。

鳥たちが静かになり、車の騒音も消え去って、歩道に落ちた何かの実を踏み砕くわたしたちの靴の音だけが聞こえる。正面玄関に着く。レニーが拡声器を構える。

「ミセス・ウィテカー、わたしの声が聞こえますか。パーヴェル警部です。数週間前にお会いしましたね」

間をとり、様子をうかがう。カーテンの向こうに動きはない。「息子さんはこちらへ向かっているところです。協力してもらわないと、こちらも力になれません。イーヴィ・コーマックが無事であることを確認させてください」

正面のドアが少しだけ開く。フェリシティが叫ぶ。「この子は無事よ」

「ことばだけでは、確認になりません」

ドアが少し大きく開き、こんどはイーヴィが出てくる。赤いフランネルのパジャマにペンギンがプリントされている。裸足のせいか、十八歳には見えない。十四歳にすら見えない。ひどく幼い。

フェリシティはイーヴィの首に腕をまわして肘の内側で締めあげ、人間の盾としている。右手には透明な液体がはいった瓶がある。それを高く掲げ、イーヴィの頭上へこぼしはじめる。液体が頭や肩に飛び散り……目にもはいる。イーヴィは叫び声をあげ、懸命に顔をかばう。何をかけたんだろう？　シンナーか、ガソリンか、テレビン油か。

イーヴィが転がり出ようとするものの、フェリシティがまっすぐに立たせて、空の瓶をほうり投げる。瓶が階段を跳ねて、芝生へ転がり落ちる。フェリシティはポケットからライターを取り出してイーヴィの頰にあてる。

「こちらの望みはわかってるでしょう？」

ドアが閉まる。

65 エンジェル・フェイス

目が熱い。口、鼻、耳、毛穴のすべてが燃えてる。真っ赤に焼けた針金を、瞳孔から脳までまっすぐ突き刺されたみたいだ。パジャマの袖で目を拭こうにも、全身に液体をかぶったせいで生地が濡れて、肌にくっついてる。

後ろ向きのまま廊下を引きずられ、書庫に投げ出されて床にうずくまる。部屋じゅうの机や本棚に液体がかけられ、そのガスで喉がひりひりして、吐き気がしてくる。

「なんでこんなことをするの？」あたしは叫ぶ。

「みんな、言うことを聞かないからよ」

「あたしのせいじゃない」

また髪をつかまれる。

「入口はいくつあるの？」

「ふたつ。表と裏に」

　フェリシティはあたしを部屋から部屋へと連れまわし、ブラインドやカーテンを閉めて、窓が施錠されてるかどうかをたしかめる。

「目に水をかけて」あたしはそう訴える。

　フェリシティはあたしの頭をキッチンの流しに押しつけて、蛇口をひねる。顔に水をかけても、まだろくに前が見えない。瓶や缶が床に散らばってる。洗濯室とキッチンの棚のものがすべて取り出され、ラベルを調べたうえで、何本かの瓶のほかは投げ捨ててある。あたしが何時間もかけて整理したのに。ラベルを前に向けて、棚の片側には塗料、反対側には洗濯用品って感じで並べたのに。

　フェリシティはあたしをすわらせて、手首から肘へと粘着テープを巻きつけていく。

「こんなことまでしなくていいのに」

「だまりなさい！」

「あたしはドクター・ヘイヴンの娘じゃない。無関係よ」

「ここに住んでるでしょ」

「お客としてだよ」

「あの男にとって大事な存在よ」

　そのことばが心のどこかを揺さぶる。サイラスはあたしのことを気にかけてくれてるのか。きっとそうだ。ラングフォード・ホールに送り返さなかったし。ポピーをくれたし。かわいいポピー。かわいそうなポピー。裏の階段でポピーが悲しそうに鼻を鳴らしてるのが聞こえる。なんでだれも来ないのって思ってるだろうな。

別の家で、別の暮らしをしてたころ、犬が吠えるのを聞いたのは、テリーが拷問で殺されそうなときだった。しばらくしてテリーは泣きつくのをやめた。そして話すのもやめると、あいつらはますます怒った。テリーがうめき声や叫び声をあげるたびに、あたしはさっさとしてと願った。終わらせて、と。テリーの苦しみを終わらせて、と。

それより前にも、人が死ぬのを何度か聞いたことがある。ほとんど泣きわめかない人もいたし、袋のなかで溺れる猫みたいに暴れる人もいた。父さん。母さん。妹。あいつらは名前も顔もない男のところにあたしを置き去りにした。あいつらにだけ名前と顔がある。あたしはひとり残らず覚えてる。つぎは引き金を引く。つぎはためらわない。

66

レニーが無線で指示を飛ばし、消防士たちを配置につけて、家のガスと電気を止めさせる。最寄りの病院の火傷部門にも待機させている。レニーの瞳は新鮮なエネルギーで輝き、まるで数手先で起こることを読んで、ほかのだれともちがうレベルで対処しているかのようだ。

「エイデン・ウィテカーはどこまで来た？」

「あと十五キロのところです」エドガーが答える。

「サイレンは鳴らさないでね」レニーは言う。こちらをちらりと見る。「わたしのまだ知らないことを教えて」

「フェリシティは追いつめられている」

「それは明らかね。ほかは？」

「妄想に取り憑かれている」

「どんな?」

「エイデンのことだ。息子を守ろうとしている」

「どういうこと?」

「おそらく、息子がジョディを殺したと思っている」

「エイデンが? あの子は警察をからかってるんでしょ」

「エイデンは嘘を言っていない」

「そう確信できる理由は?」

イーヴィの能力については、レニーに話せない。ゆうべイーヴィが、殺人犯の名前はわかったのかと尋ねてきた。わからない、と言ったわたしの返事をイーヴィは信じていなかった。なんと言っても、イーヴィもまちがいを犯すし、完全無欠ではないと感じたものだ。

ある考えが心の底から自然に浮かびあがり、表層に近づくにつれてはっきりとしてくる。教会でマギー・シーアンと話をしたとき、フェリシティは妊娠するのに苦労したと言っていた。体外受精の治療を何年もおこない、どれも失敗に終わって気が変になりそうだったと話していた。やがて本人にとっての奇跡の子エイデンが生まれ、あらゆる夢と満たされぬ望みを息子に投影させた。母親の仕事は子供たちを保護し、安全を確保してやることなのだろうか。いや、ほかのこともあるはずだ。

突然、すべてが見える。エイデン。ジョディ。ブライアン。ドゥーガル。フェリシティ。フルハウスの役がそろったポーカーの手札のようだ。ゆうべイーヴィはそれを見た——わたしの潜在意識から発した光のかけらを。その〝テル〟を。

「中へ行かせてもらいたい」わたしは言う。「フェリシティがこんなことをする理由も見当がついている」

レニーは逡巡しながら、特殊対策班をちらりと見る。ベルトに留めてある無線機をわたしに手渡す。

「合図をくれたら、突入するから。そうなったら、頭をさげて隠れて」

ほどなく、わたしは並んだ車の横をひとりで歩いていき、芝生を横切って正面玄関まで進む。呼び鈴を鳴らすと、敷居にかけられたテレビン油のにおいが鼻を突く。

中から声がする。「エイデンなの?」

「いえ。サイラスです」

「エイデンはどこ?」

「こちらへ向かっています」

「ここを燃やしてほしいようね! まずはこの子に火をつけるから」

「エイデンはかならず来ます」

廊下で話すフェリシティとは、ドア一枚を隔てているだけだ。

「ここにすわるだけですから」わたしはそう言って階段に腰をおろし、煉瓦の壁に寄りかかる。草が伸び放題の庭から花を摘み、花びらを一枚ずつむしっていく。静まり返っていて、かすかな息差ししか聞こえない。

「学生のときに文通相手の女の子がいたんです」フェリシティの家の冷蔵庫に貼ってあったはがきを思い出して言う。「名前はカミール。フィリピンのマニラに住んでいました。十年くらい、毎月手紙をやりとりしていたんです。はじめは手紙で、そのうちメールで。いつか会おうと約束しました」

「会ったの？」

「会う寸前でした。ふたりとも二十五歳になって、シンガポールで誕生日を祝うことにしました」

「それでどうなったの？」

「カミールに赤ちゃんができたんです――男の子の」

花びらをもう一枚、花からむしりとる。

「あなたはまだ世界じゅうをまわることだってできます――友達みんなに会いに」

フェリシティはあざけるような声を出す。さっきより近く、ほんの数センチのところにいる。フェリシティの背中が自分の背中に寄りかかっている姿を思い描く。ふたりを隔てているのはドアだけだ。

「エイデンに曲をいくつか聞かせてもらいました。いい曲でしたよ」

「音楽はただの趣味よ。あの子はケンブリッジへ行くの。奨学金を獲得したんだから」

「出願したのはエイデンですか、それともあなたですか」

フェリシティはそれを聞き流す。「息子は優等生だった。先生がたは、だれよりも優秀だと言っていた。エイデンは弁護士になるの。あの子はちがうのよ」

「だれとちがうんですか」

フェリシティは黙する。間があまりにも長いので、まだドアに寄りかかっているかどうか、不安になる。

「エイデンは何を望んでいるんでしょうか。本人に尋ねたことはありますか」

返事がない。

「エイデンの成功の喜びに浸るのはいい気分でしょう。しかし、子供が親の期待を一身に背負うと、ほかのことを試す機会を失う。抑圧されたと感じるかもしれません。あるいは、だまされたと」

「息子のことはじゅうぶんわかってる」

「もちろん、そうでしょう。でも、エイデンはあなたをがっかりさせるのを恐れている。話を聞いてもらいたいんですよ。宿命のような期待に応えることに負担を感じる子供たちを、わたしはこれまで多く診てきました。みごとに成しとげる子もいれば、不安と重圧に苦しんで何かに過度に依存する子もいます。期待しすぎる人たちを失望させるのを恐れて、自己破壊的な行動に走る子さえいます」

「うちの子はちがう」フェリシティは腹立たしげに言う。

「本人から話を聞きました。エイデンはジョディと深い関係になった。そして妊娠させた」

「ちがう！　ブライアンよ」

「あなたははじめからご存じでしたね」

沈黙。息づかいが聞こえる。

返答のことばを呑みこんだらしい。前方の道を見やると、レニーが所定の位置へ移動している。エイデンもいっしょだ。ふたりとも防弾ヴェストをつけている。消防隊員たちが万が一に備え、ホースをほどいていちばん近い消火栓につないでいる。

「フェリシティ、あなたが何をしたかはもうわかっています。なぜそんなことをしたのかもね。あなたは不妊に悩んでいた。それはあなたのせいじゃない。医者が勧めることはすべて試した——ビタミン剤も、食事療法も。そして体外受精の治療も。何回したんですか」

「四回」フェリシティは小声で言う。

「ずいぶん費用がかさんだでしょう」

「破産寸前だった。ブライアンは払うのをいやがった。〝なるようにしかならないだろ〟なんて言って」

「つらかったでしょう。そばにいるマギーにはフィリックスがいたから、よけいにね。来る日も来る日も、自分に欠けているものを思い出させられるんですから」

フェリシティはしゃくりあげている。

「子供を授かりたいあなたは、切羽詰まって義理の兄と関係を持った。エイデンの父親はドゥーガルです。ブライアンじゃない」

フェリシティはうめくように泣く。

「マギーも、エイデンも、あなたの夫も——だれもそのことに気づかなかった。あなたがエイデンとジョディの交際を許さなかった理由はそれです。関係を持つことも子供を産むことも、認められなかった」

「近親相姦よ。ぜったいだめ」フェリシティはまた小声で言う。

「ブライアンからジョディが妊娠したと聞いたとき、あなたはまだ相手がだれかを知らなかった。あの夜、トレーラーハウスでいっしょにいるふたりの声を耳にして、エイデンが父親だと知った。あなたはジョディに直談判した。中絶してくれと頼んだ」

「わからせたかったの」フェリシティは言う。「聞き入れるのが当然でしょう？」

「あなたはジョディのあとを尾けた」

「あの子はばかなことをしてた。エイデンの将来も自分の将来も台なしにしかかってた。ケンブリッジとオリンピックが控えてたのに」

「エイデンが腹ちがいの兄であることは、ジョディに伝えたんですか」

すすり泣きを抑える音がまた聞こえる。「伝えたとしても、信じなかったはずよ」

「実際にはどうなったんですか」

「わたしはジョディに話してやりたかった……しっかり聞かせたかった。あの子が何もかもぶち壊しにしてたんだから」

「あなたはそれを阻止しようとした」

「強く殴ったわけじゃない」

「何を使ったんですか」

「鉄の棒よ——フェンスの支柱。地面に落ちてたの——橋のそばにね。それで一度だけ殴りつけた。わたしはジョディがお芝居をしてると思った。だから体を揺さぶって、名前を呼んだ。

「そのまま水中へ突き落とした」

「死んでると思ったの。自分が殺してしまったんだと」

「まだ生きていたんです」

フェリシティは嗚咽する。

レニーが道路から合図を送っている。横にエイデンがいる。

「来ましたよ」わたしは言う。「警察がエイデンを連れてきました」

フェリシティが立ちあがって床板がきしむ音が響く。つぎの瞬間、図書室のカーテンが揺れて、少しだけ開く。

「息子と話させて。説明しなくちゃ」フェリシティが言う。

「外へ出て、直接話せばいい」

「いやよ！　中に連れてきて」

「それは無理です」

フェリシティの声の調子が変わる。「中に連れてこないと、この子を殺す！」

「落ち着いてください。短気を起こしたら、警察がなだれこみます」

「そんな事態をお望みではないでしょう。中に入れてください。わたしとイーヴィを交換するんです。警察はわたしが説得します。エイデンを連れてきますから」

長い間のあと、錠があく。ドアが内側に開く。フェリシティがイーヴィの首に腕をまわしている。

「イーヴィを外へ」

「あなたが中にはいるのが先よ」

「この女を信じちゃだめ」イーヴィが叫ぶ。両目が腫れてほとんどふさがっていて、パジャマの前側には吐いた染みが残っている。ふたりの横を通り抜けると、廊下にはテレビン油とガスとアルコールのにおいが立ちこめている。

フェリシティは距離をとったまま、プラスチックの安っぽいライターをイーヴィの頬に向けている。

「両手を手すりの下に入れなさい」フェリシティが階段のほうを示して言う。

粘着テープを床に蹴ってよこし、イーヴィにわたしの手首を縛るように命じる。イーヴィは自分の手首も縛られているので、テープをめくるのに苦労するが、監視されながら、なんとかわたしの手首を固定する。

言う。

「ガスを止めて、窓をあけましょう」わたしは言う。「家の空気を入れ替えないと」

フェリシティはそのことばを無視して、親指を入口へ向け、イーヴィに出ていくように言う。

「サイラスもいっしょじゃないと行かない」

「頼むよ、イーヴィ。行くんだ」わたしは言う。

「この女、家に火をつけるつもりよ。家じゅうの本に何かぶっかけてたから」

フェリシティはイーヴィの顔の前でライターを振り動かし、ホイールをはじくふりをして脅す。「最後のチャンスよ」

イーヴィはとっさに思いついたのか、くるりと向きを変えて階段を駆けあがる。目がよく見えないので、壁にぶつかって跳ね返りながらも、そのままのぼりつづけて二階へ消える。とんでもない。外へ逃がさなくては。

「ばかな子牛ね」フェリシティが毒づきながら、わたしの横を通って階段をのぼっていく。

「やめてください」わたしは言う。「もっと大事なことがあるんだから」

そのことばをさえぎるかのように、レニーの大きな声が拡声器から響く。

「ミセス・ウィテカー……息子さんです」

67 エンジェル・フェイス

屋根裏部屋に積んである箱のあいだを、手探りで押し分けて進む。手を枕の下に差し入れ、油まみれの布をつかむ。拳銃だ。スライドを引いて薬室に弾をこめ、銃をドアのほうへ向ける。階段の足音は聞こえない。視界はぼんやりしたままで、戸口に人影は見えない。銃を下に置き、ナイフを手にとる。抽斗の内側にナイフの柄をはさんで、刃が動かないように抽斗の前板に腰を押しつける。手首を鋭い刃にあて、前後に動かして粘着テープを切ったあと、それを歯で剝がして、裂けたビニール屑を吐き出す。

サイラスがあたしの名前を叫び、外へ出ろと言ってるのが聞こえるけど、そのうち別の声に掻き消される。外からの声だ。

手探りで箱のあいだを進み、窓際で爪先立ちになる。潤んだ目を外へ向ける、正面の門の近くに人影がふたつ見える。

エイデンの声だと気づく。「お母さん？　ぼくだ」

フェリシティはそれを聞いて、本人かどうかをたしかめるように、繰り返し息子の名前を呼んでる。

「何してるんだよ、お母さん」エイデンが声をあげる。

「ごめんなさい。こんなつもりじゃ……。説明させて」

「わかったよ。出てこられる？」

「ねえ、聞いて」フェリシティの声は途切れそうだ。「このあと、わたしのことをいろいろ聞くでしょうけど、全部あなたのためにしたことだって信じてもらいたいの」

「お母さん、何をしたんだ」

「あなたを守ろうとしたのよ。幸せになってもらいたかった」

「ぼくは幸せだよ」

「あなたとジョディは……だめなのよ。いっしょにいちゃいけなかったの――あなたたちは」

「どうして？」

その問いかけが沈黙をもたらす。エイデンがもう一度訊く。「母さん、どうしてジョディといっしょにいちゃいけないんだよ」

フェリシティは、懸命に諭すような、悲しげな声で答える。「あの子はあなたの腹ちがいの妹なの」

「いとこだよ」エイデンはそう言うが、すでに半信半疑だ。

「ちがう」

「どうしてジョディが腹ちがいの妹なんだよ」

「妊娠できなかったのよ……お父さんとでは」

「じゃあ、ぼくの父親は？」

フェリシティはかすれた声で答える。「ドゥーガルおじさん」

エイデンの返事はない。

「そこにいるのね？　びっくりするのはわかる。もっと早く話すべきだった」

エイデンの声の調子が変わる。「ジョディを死なせたのは……お母さん？」

打ちひしがれたようなうめき声が響いたあと、また別の間があく。「わざとじゃなかった。そんなつもりはなかったのよ。許してくれるでしょう」

返事がない。

「エイデン？」

エイデンは何も言わずに振り向くと、警官たちの肩をかすめ、パトロールカー、バリケード、野次馬の横を歩いていく。その後ろ姿に向かって、フェリシティが息子の名前を叫んでいる。許しを求めて。エイデンは足を止めない。

68

「もう終わりですよ、フェリシティ。ライターを置きなさい」

　フェリシティは廊下のカーペットに膝を突き、うずくまって途切れ途切れに息をしている。ことばが喉につかえて出てこない。なんとかもう一度口にする。

「わたしは何をしてしまったの？　何をしてしまったの？」

「さあ、窓をあけて。この家はガスが充満しています」

　フェリシティは膝を揺らし、腹に手をあててうなり声をあげる。

「エイデンはきっと帰ってきます。事情を説明すればいい。まだ間に合います。いまはみんな、すぐここから出なきゃいけない」

　フェリシティは聞いていない。

　レニーの拡声器の声が響く。「ミセス・ウィテカー、聞こえますか？　息子さんと話しましたね。こんどはあなたが外へ出てきてください」

フェリシティは返事をしない。

外でSWATチームがドアを破る準備をしている姿が目に浮かぶ。わずかな火花が出るだけで、ここは火の海となる。

「一分だけ待ってくれないか」レニーに叫ぶ。

フェリシティの反応を待つが、いまはただ悲嘆に暮れているだけだ。

「事故だったんです」そう話しかける。「あなたが最初からジョディを殺そうとしたとは思っていません。でも、こんなことをしていたら、事態がさらに悪くなります」

「何もかも台なしよ」フェリシティはすすり泣く。「あの子はぜったいに許してくれない」

「あなたは何度か判断を誤りました。これ以上はいけません。窓をあけて、いっしょに外へ出ましょう」

「もう手遅れよ」

「あきらめたら、ほんとうの手遅れです。そうなったら、苦しみは止まりません。エイデンとタズミンまでも苦しめることになります」

「わたしが死んだほうが、子供たちにとっていいのよ」

「ふたりの人生を穢すことになります。それは子供たちへの裏切りで、拒絶です」

フェリシティはライターをじっと見つめている。椀のようにまるめた手に、それは捧げ物のように載っている。ひとつの答。ひとつの鍵。

「わたしは両親と妹ふたりを同時に亡くしました。いきさつはご存じでしょう。自分が助けることができたんじゃないかと思わない日はありません。サッカーの練習からまっすぐ家に帰っていたら。ポテトチップスを買いに店に立ち寄らなかったら。エイルサ・パイパーの家の前を自転車で通らなかったら。もしも。たぶん。ああしさえしたら。エイデンに同じ思いをさせてはいけないんです。さあ、ここから出ましょう」

二階に向かって叫ぶ。「イーヴィ、さあ、行こう」

返事がない。

「聞こえるか、イーヴィ。ここを出よう」

69

エンジェル・フェイス

二階から木の手すり越しにのぞき見る。目が腫れあがってまぶたが視界をふさぎ、何もかもがぼんやりしてる。プールの底から見てるみたい。

サイラスは階段の下のほうの段にすわってて、両手が手すりの親柱にテープで巻かれたままだ。フェリシティは廊下にひざまずいてる。

「ドアと窓をあけて。それから外へ出るんだ。この家から離れろ」

あたしは右手を壁に這わせて、階段をおりていく。腰の後ろで拳銃を握る。近づくにつれて、フェリシティの姿ははっきり見えてくるけど、顔は見えない。表情をたしかめたい。

「窓をあけて。外へ出るんだ」

「そっちはどうするのよ」

「警察が解放してくれるさ」

「聞こえてる」

「動かないで！」フェリシティが立ちあがる。体がふらつき、汗まみれだ。

あたしは階段の途中まで来る。手に持った銃が重い。銃を前へ出し、フェリシティの胸の真ん中を狙って構える。サイラスが息を呑む。あたしの名前を呼び、やめろと叫ぶ。

フェリシティがこっちを向き、持ってるライターのホイールに親指をかける。

「やめろ！」サイラスが叫ぶ。「まわりはガスだ！」

あたしは自分の過ちに気づいたけど、銃はおろさない。

「あたしたちを解放しないつもりよ」

「いや、だいじょうぶだ。みんなで出ていこう」

「解放する気はある？」あたしは尋ねる。

フェリシティは答えない。

ガスと煙で頭がふらつく。倒れそうになりながらも体を立てなおし、銃を低く持ったまま階段をおりる。もう狙いは定めてない。

サイラスがこっちを見あげる。「みんなで外へ出よう」

フェリシティはまだ何も言わない。あたしは意地の悪い目でにらんでやる。ラングフォード・ホールで、ガスリーやミス・マクレディやガキどもがむかつくことをしたときに向ける目つきだ。

「自分勝手だから、解放しないでしょ」あたしは言う。「いつだって自分のことばかり。あなたは赤ちゃんがほしくてたまらなくて、夫をだましたってわけ。エイデンをケンブリッジにかよわせたいのは、自分がかっこよく見えるから。ジョディに赤ちゃんを堕ろすよう言ったのは、自分の秘密がばれるから。ひとりで死ぬことさえできない臆病者よ」

フェリシティの目に怒りの炎が燃えあがる。

「前に母のことを訊いたよね。これ、見える？」左の手のひらを開き、五十ペンス硬貨ほどの大きさの鼈甲のボタンを見せる。「母の形見はこれだけ。このボタンがついた真っ赤なコートには、裏が毛皮の襟があって、ロシアのツァリーナの気分になれるって、母は言ってた。女王って意味よ。遺体で見つかったときも、そのコートを着てた。あたしがいつまでも母を抱きしめてたんで、まわりの人たちは無理やり指を引き剥がさなきゃいけなかった。引き離されたあと、握った手のなかにこのボタンがあることに気づいたんだ」

ボタンをしっかり握り、頬にあてる。

「いまのあなたみたいに――母はあきらめた。あたしを捨てた。追い払った。何年もずっと、母を責めないようにしようと自分に言い聞かせてきたけど、理由を教えてくれなかった母のことは、これからもきっと許さない」

静まり返ってて、だれも聞いてないんじゃないかと思う。

フェリシティが膝をあげ、ゆっくりと立ちあがる。キッチンをちらりと見る。

「ガスを止める。あなたはドアをあけて」フェリシティは言う。

あたしは階段を滑りおり、サイラスのところへ行く。ナイフがない。

「玄関のドアをあけてくれ」サイラスが言いながら、廊下の先を顎で指し示す。

サイラスの一段下にいると、呪いの混じったような悲鳴が聞こえてくる。その瞬間、家が息を吸いこんで吐き出す気配を感じる。まるで走ってる車の窓を急にあけて、床からごみやほこりが舞いあがったときみたいだ。まわりの世界が爆発し、木と漆喰と瓦礫と塵があたりを満たす。キッチンの戸口から炎が噴き出し、それが引きもどされると同時に壁が崩れる。

フェリシティの姿が現れるけど、その顔は真っ黒で、白い目を驚きに見開いてる。まだあるのをたしかめるように、煙をあげる頭に手をふれる。そして、あたしを不思議そうに見つめてから、前のめりに倒れる。頭の後ろ半分がなくなってて、服は火に近づけすぎたプラスチック人形みたいに焼き切れてる。

また炎がうなりをあげ、廊下の天井にひろがりながら図書室のほうへうねっていく。パジャマ姿の自分を見て、もう助からないと思う。

サイラスがあたしの腕をつかみ、外へ出ろと叫ぶ。どうやって？　逃げ道なんかない。

キッチンの天井が崩れ、テーブルがあったところに鉤爪足つきのバスタブがある。炎が玄関にまで達し、廊下をふさいでる。ガラスの割れる音が聞こえる。窓に通されたホースから出てる水が、あっと言う間に蒸気に変わる。

「外へ出るんだ、イーヴィ。外へ！」

サイラスの手首に巻かれたテープを引っ張り、指で手すりの細いところへ動かす。脚を振って強く蹴ってみるけど、裸足だから木を折るほどの力が出ない。階段を駆けあがり、拳銃を手にとる。銃口を手すりに押しつけ、安全装置を解除して引き金を引く。思ってたよりも大きな音が響く。テレビや映画の銃よりもうるさい。サイラスは手が自由になり、どうにか立ちあがってあたしを引き寄せる。

「こっちだ」サイラスはあたしの袖を引き、ついてくるように言う。

「あの女は？」

「死んだよ」

70

おい、イーヴィ！　どこで銃を手に入れたんだ？

ふたりで二階にたどり着く。階段の吹き抜けは真っ黒な煙に包まれている。イーヴィがひどく咳きこみ、前かがみになって床にしゃがむ。

「いっしょに来るんだ」声に出し、意識を集中させる。イーヴィの手を自分の腰にまわし、ベルトをつかませる。「離すんじゃないぞ」

イーヴィを連れて、何も見えない廊下を這って進む。手探りでイーヴィの寝室のドア、さらにはベッドまで進む。頭が反対の壁にぶつかる。窓に手を伸ばして引きあげ、外へ身を乗り出して空気を深く吸いこむ。

イーヴィ？

イーヴィの手が離れている。しゃがむと手が髪にふれ、イーヴィの気配も感じる。その瞬間、あいた窓から酸素を補給された炎が寝室のドアを通り抜けていく。

わたしはイーヴィを引っ張りあげて立たせ、半身を窓の外へ出して呼吸をするように言う。下の庭ではポピーがこちらへ向かって吠えながら、壁に跳びかかっている。煉瓦に足をかけて、のぼりたそうだ。

イーヴィを窓台まで持ちあげ、両脚を外へ投げ出させる。庭は五、六メートル下にある。この高さを跳びおりたら脚が折れるだろう。梯子はどこだ？　消防隊は？　家のちょうど反対側か。

わたしはイーヴィの手首をつかんで下へおろしていく。ポピーの上でぶらさがった恰好になるが、まだ地面から高すぎる。

「離して」イーヴィが叫ぶと同時に、一階の窓が吹き飛んで、ガラスが植えこみに飛び散る。

右側に雨樋があることに気づくが、イーヴィが手を伸ばすには遠すぎる。一メートルか、一メートル半か。肩を使い、イーヴィを揺らして勢いをつける。イーヴィも狙いに気づき、脚を漕ぐようにして大きく振り動かすが、これ以上わたしは支えていられない。

イーヴィの指先が雨樋にふれるが、つかめずに滑ってしまう。わたしはもう一度揺らして、手を離す。イーヴィの手が黒塗りの金属に巻きつき、しっかりとつかむ。そして滑りおりていく。もう安全。こんどは自分の番だ。同じように飛び移ることはできない。雨樋が自分の重さに持ちこたえられるかどうかも怪しい。

　こうした古い家は、乾燥した木材と隙間風のはいる部屋のせいでよく燃える。わが思い出は炎のなかだ。家族写真。本。家宝。懐かしの品々。

　煙が押し寄せ、もう雨樋が見えない。イーヴィもポピーも見えない。息ができない。

　イーヴィの声がする。こっちへ向かって叫んでいるが、何を言っているのかわからない。窓からおりるけれど、支えは指先だけなので、靴を滑らせてモルタルの煉瓦に足掛かりがないかと探す。落ちるのを覚悟……いや、あらゆることを覚悟する。だが手を離した瞬間、力強い手がわたしの足をつかんで梯子の踏み板へ導き、煙のなかを一段ずつおりるのを手伝ってくれる。柔らかな大地に足がふれると、わたしは振り向き、十歩ほどよろめいて膝から崩れ落ちる。そして、肺が喉から滑り出て草の上で痙攣するほど咳きこむ。

　イーヴィがわたしの体に腕をまわし、首もとに顔をうずめる。ふだん涙を見せない少女が泣いている。濡れた頬には、二枚目の皮膚のように煤がこびりつき、目のまわりだけがきれいなので、痩せ細った漫画のパンダのようだ。

　わたしは両腕をイーヴィの体にまわす。すすり泣きしているらしい。

　そのあいだに、屋根の上では放水が幾筋も弧を描き、雨のようにわたしたちの頭に降りかかる。

「どこで銃を手に入れたんだ」

「フィリックスから盗んだ」

「どうして？」

「あいつらがやってくるのに備えて」

71　エンジェル・フェイス

ベッドにすわってスクラップ帳に写真を貼っていく。もうすぐサイラスがやってくる。来られる日にはいつも、煙草とフィンガーチョコレートとポピーの写真を持ってきてくれる。公園にいるポピー。リスを追いかけるポピー。小鳥の水浴び場の水を飲むポピー。水たまりを歩くポピー。

ラングフォード・ホールに変わりはない。食事も。日課も。スタッフも。もう慣れたものだ。ここなら安心できる。

囚人のなかには、塀のなかに慣れて出たくない人もいるという記事を読んだことがある。自分がそんなふうになるとはぜんぜん思えないけど、これくらいは我慢できる。もっとひどい暮らしも経験したんだから。

同じ年ごろの女の子たちは、パーティーへ行ったり、仕事をしたり、友達と出かけたりしてるけど、そんなことに興味はない。そんな暮らしをしたところで、どうしたらいいかわからない。だから、部屋にはカレンダーを掛けてないし、時計も置いてない。時間が経つのを見たくない。そのかわり、ただそこにいて、前の日と同じように毎日を過ごす達人になった。

ポピーに会いたい。サイラスに会いたい。サイラスは、あの出来事を自分のせいにしてないといいんだけど。

「だれのせいでもないよ」サイラスにはそう言った。「悪い運があたしを追いかけてくるんだ」

「運なんて信じていないだろう」サイラスは返した。さすが、よくわかってる。

サイラスはもう里親になれない。あたしを危険にさらし、殺人事件の捜査に巻きこんだからだそうだ。銃が事件後の扱いを決定づけた。あたしは責任をとる覚悟をしてたけど、サイラスがそうさせなかった。施設にいる期間が延長されるか、成人用の刑務所や精神科の病院へ送られることになるだろう、とサイラスは言った。そうなったらガスリーは喜ぶ。だから警察には、フェリシティが銃を持ってたと話した。そして、だれもその話を覆せなかった。

ダヴィーナがドアをノックする。「彼氏が来たよ」

「彼氏じゃない」

「じゃあ、どうして笑顔なのよ」

「うるさい！」

「わたしもあなたのこと大好きよ」ダヴィーナはそう言って笑い、ドレッドヘアとお尻を振りながら、廊下の先へ消える。

その廊下の角から、サイラスの顔が現れる。

「やあ」

「どうも」

サイラスが肩を抱き寄せる。あたしの体がこわばる。だれかにそんなふうにふれられることに慣れる日が来るんだろうか。

「びっくりするプレゼントがある」サイラスは言う。

「また写真？」

「もっといいものだ」

目をつぶるよう言われる。あたしは疑いの目を向けながらも目を閉じ、部屋からサイラスに手を引かれて廊下を歩いていく。中庭へ出る引き戸をあけるとき、サイラスは足もとに気をつけるように言う。

ポピーが小さな木につながれてて、その木を地面から引き抜こうとしてる。自由にしてやると、ポピーはあたしに飛びかかり、草の上に押し倒して顔や手を舐めまわす。

サイラスはコンクリートのベンチに腰かけて、あたしたちが追いかけっこをしたり、じゃれ合ったり、駆けまわったりするのを見守ってる。しばらくして、疲れたから隣にすわる。ふだんなら煙草に火をつけるけど、いまは禁煙中だ。

「調子はどうかな」サイラスが尋ねる。

「上々」

「ちゃんと寝てるのか」

「うん」

サイラスはいつもこんなふうに簡単な質問からはじめて、そのあと、夢や小さいころの記憶について尋ねる。恐かったこととか、悔やんでることとか。

「子供のときに虐待を受けた者は、意識が解離することが多い」教科書のようにサイラスが話す。「認知上のつながりや感情を遮断してしまうんだ。トラウマなんてまったく経験していないかのように完璧にふるまうこともある。だからきみにはほんのわずかな記憶しかないのかもな」

「そうかも」

「子供のときに受けた仕打ちは、きみのせいじゃない」

「わかってる」

「自分を責める必要はない」

「責めてない」

サイラスが何を知りたいかはわかる。事の詳細。事実。あたしが抜け出したあの汚物だめへおりたがってる。いっしょに汚物にまみれ、もう一度そこから連れ出そうとしてる。あの事件のあいだじゅう、何日も何週間も、あたしの心のなかでどんなことが起こってたのかを知りたがってる。あたしが何を聞いたのか。なぜずっと隠れつづけたのか。どうやってひとりで生き延びたのか。

全部覚えてる。でも、大事なことは覚えてない。

「忘れたいことがあるのはわかる」サイラスは言う。「でも、自分が何者なのか、自分に家族がいるかどうかは知りたいだろう？」

「家族はいない」

「お母さんのことを話していたじゃないか」

「その話はしない」

「子供のころの話はどうかな」

「どうでもいい」

「わたしにはどうでもよくない」サイラスは言う。「きみにとってもそうだ。話してくれたらだけど」

あたしはため息を漏らし、目を閉じる。「あたしがいた場所に行きたいの？」

「ああ」

「あたしが目にしたものを見るために」

「見せてくれてもいいじゃないか」

「あそこへはもどれない」

「もどれと言っているわけじゃない」

「いや、言ってる。心をこじあけて、中をのぞきたいんだろうけど、あたしはおもちゃじゃない。実験台でもない」

「あいつがきみに何をして——何を奪ったのかは知っている」

怒りが少しずつこみあげる。「知ってるはずない」

「あいつにどこで拾われたんだ」

「拾われてない」

「さあ、イーヴィ。教えてくれ。あの怪物の言いなりなのか」

「怪物じゃない」

「きみを誘拐して、閉じこめた男だ」

「ちがう」

「死んで当然だった」

「そんなこと言わないで！」

「人質が誘拐犯に親しみを持つことはあるが、それは愛じゃないんだよ、イーヴィ。子供を誘拐したんだ。監禁して、虐待したんだ。そんな愛なんかあるはずがない」

「わかってない」

「じゃあ、説明してくれ」

あたしの両目には、流れ落ちないよう踏ん張る涙があふれてる。「愛について知りたいわけね」とつぶやく。「愛とは、相手の隠れてる場所を言わずに、拷問による死を受け入れること。愛とは、相手を裏切らずに、ゆっくりとひどい姿で死ぬこと。あなたはテリーを怪物だと思ってる。あたしを部屋に閉じこめて、虐待したと思ってる。それはちがう。テリーはあたしが隠れてる場所を教えずに、死を選んだ。守ってくれたんだよ」

「だれから守ってくれたんだ」

「それは言えない」

「なぜだ」

「テリーと約束したから」

「それは約束じゃない、イーヴィ。脅迫だ」

あたしはサイラスを憐れみの目で見て、首を横に振る。

「じゃあ、きみのほんとうの名前を教えてくれ」サイラスは言う。「それくらいは教えてくれてもいいだろう」

「言えない」

「どうして？」

「あたしが愛する人はみんな死ぬ。あなたをそうさせたくない」

72

悪夢にもう、自分の家族は出てこない。夢にはイーヴィが棲みつき、わたしの名を呼び、混沌に包まれた真っ暗な場所に隠れている。救うことはできない。虚空へと落ちていくイーヴィの指先をつかめるほど速く走ったり、高く飛びあがったり、遠くへ手を伸ばしたりはできない。悲鳴をあげながら目を覚ますと、汗だくで、心臓が脈を打ち、口の端からイーヴィの名前が消えようとしている。

フェリシティ・ウィテカーを死へ追いこみ、わが家の一部を破壊した爆発の原因はいまだにわからない。セントラルヒーティングや静電気のせいかもしれないし、フェリシティの気が変わったせいかもしれない。イーヴィはそう考えてはいない。真実を目にしている。

わたしはたくさんの思いちがいをしていた。テリー・ボーランドはイーヴィを誘拐していないし、隠し部屋に監禁もしていない。イーヴィを性的に虐待したり、残飯やドッグフードを食べさせたりもしていない。ボーランドは無実であり、イーヴィを守りながら死んだ――そのどちらに心を掻き乱されているかは、自分でもわからない。

さらにひどいのは――イーヴィが一部始終を聞いていたということだ。ボーランドが耳に酸を流しこまれ、熱い火掻き棒でまぶたを焼かれたときの叫び声をイーヴィは聞いた。やつらが自分の名前を呼んだり、カーペットを引き剝がしたり、家具をひっくり返したり、壁に穴をあけたりする音もすべて聞いた。

やつらは幾日も探したことだろう。幾晩も探したことだろう。出てこい、出てこい、いるのはわかってるぞ。

イーヴィは隠れつづけた。いまなお隠れている。だから銃を手にとった。だから寝るときに枕の下にナイフを忍ばせた。だから、絶えず振り返って物陰におかしな姿――戸口からじっと見つめる人や、停まっている車や、白いバン――がないかと探している。たまに夜遅くに、前の歩道から車のドアが閉まる音や足音が聞こえると、何者かがイーヴィを探して、かつて彼女のいた部屋へのぼっているのではと想像する。起きあがり、早く家の工事が終わることを願いながら、ペンキの缶や石膏の袋の横を通り抜ける。窓の錠をたしかめてからベッドにもどるが、そのあとはどうしても眠れない。

イーヴィは、少なくとも十八歳になる来年の九月まで、ラングフォード・ホールで暮らすことになった。わたしはもう里親になれないが、キャロライン・フェアファクスはイーヴィが予定どおり退所するのをあきらめていない。その後はどうなることか。レスターにあるアーノルド・ロッジのような厳重監視の精神科病棟へ送られるかもしれないし、日帰りの外出プログラムをはじめるかもしれない。後者であってほしい。

イーヴィはほんとうに自由になれるのだろうか。それが知りたくてたまらない。まるで、川に落ちて滝へ向かって流される男が出てくる昔話のようだ。ある釣り人が男に竿を差し出して「つかまれ、引っ張りあげてやる」と言うが、男は「だいじょうぶ、神さまが助けてくれる」と告げる。こんどは、ハイキングをしている人が倒れた丸太から身を乗り出して「この手をつかめ、持ちあげてやる」と言うが、男は手を振って「神さまが助けてくれる」と告げる。最後に、頭上をまわるヘリコプターから搭乗員が縄梯子を投げる。流される男はそれには目もくれずに「心配無用、神さまが助けてくれる」と告げる。しばらくして男は滝の向こうへ転落し、下の岩場で非業の死をとげる。その後、天国の門で男は神に「わたしが流されるのを見ていらっしゃいましたか。どうして助けてくれなかったんですか」と告げる。すると、神はこう答える。「三度助けようとしたのに、おまえはことわったではないか」

不信心者のわたしは、宗教に関する冗談には最も縁のない人間だが、この話のように、イーヴィ・コーマックはひとりでは助からない。

何年も昔、大学の講義でジョー・オローリンから教わったのは、真にすぐれた臨床心理士は暗闇へ分け入り、そこから人を助け出すということだ。「溺れる者がいたら、だれかが濡れざるをえない」とオローリンは言っていた。

濡れる覚悟はできている、イーヴィ。待っていてくれ。

謝辞

執筆は孤独な営みだが、出版はチームとしての成果だ。すばらしい編集者、エージェント、デザイナー、マーケティング担当者、出版社の人たちに支えられ、わたしは物語を世に送り出してもらっている。そうした仲間たちなしには、わたしはだれもいない森で倒れる一本の木にすぎなかっただろう。

草稿を読み、大胆で思慮深い助言をしてくれたコリン・ハリソン、ルーシー・マラゴーニ、レベッカ・ソーンダーズ、アレックス・クレイグ、マーク・ルーカス、リチャード・パインに心から感謝したい。

この作品には新しいキャラクター、イーヴィ・コーマックが登場する。聡明で魅力的だが、心に傷を負った自己破壊的なティーンエイジャーだ。わたしが子育てを手伝った三人の娘たちは、イーヴィとは似ても似つかないが、どこかしらには影響を与えている。アレックス、シャーロット、ベラ、どうもありがとう。

わが人生の欠くべからざる伴侶は、等しく賞賛を受けるに値する。ヴィヴィアンは家族みんなをまとめる接着剤であり、家路を照らす灯台である。つまり、家族そのものだ。

訳者あとがき

本作『天使と嘘』は、二〇二〇年に英国推理作家協会（CWA）賞最優秀長篇賞（ゴールド・ダガー）に輝いた作品で、作者のマイケル・ロボサムとしては、二〇一五年の『生か、死か』（ハヤカワ・ミステリ文庫）につづいて二度目の受賞となった。アメリカ探偵作家クラブ（MWA）賞最優秀長篇賞（エドガー賞）と並ぶ世界最高峰と呼ぶべきこの賞を二回以上受賞した作家は、それ以前にはライオネル・デヴィッドスン（三回）、ピーター・ディキンスン、ジョーン・フレミング、ジョン・ル・カレ、ルース・レンデル（バーバラ・ヴァイン名義と合わせて四回）、コリン・デクスター、ミネット・ウォルターズといった錚々たる名匠ばかりであり、イギリス人以外では初の快挙だった（ロボサムはオーストラリア人）。その記念碑的作品を日本の読者のみなさんにお届けできることをとてもうれしく思う。

主人公のサイラス・ヘイヴンは三十代前半の臨床心理士。固定電話も携帯電話も持たず、連絡手段はポケットベルのみで、体じゅうに鳥の刺青があるという一風変わった男だが、冷静で思慮深く、法心理学の専門家としてときどき警察の犯罪捜査に協力している。少年時代に、両親と妹たちが兄に惨殺され、自分だけが生き残ったという凄絶な過去をかかえている。

この作品の原題は *Good Girl, Bad Girl*（よい少女、悪い少女）であり、その名のとおり、ふたりの少女が重要な役割を演じる。

ひとりは十五歳のジョディ・シーアン。イギリススケート界の期待の新星と呼ばれるフィギュアスケート選手だったが、花火大会の翌日に遺体で発見された。性的暴行を受けたのち、殺害されたと見られる。事件の捜査を率いる旧知のレニー・パーヴェル警部から、サイラスは全面的な協力を依頼される。

もうひとりは、推定十八歳のイーヴィ・コーマック。六年前、ある民家で男の腐乱死体が見つかった事件があり、その数カ月後に、同じ家の隠し部屋にひとりでひそんでいるところを発見された。本名も年齢も出自もわからないため、当時〝天使の顔（エンジェル・フェイス）〟と呼ばれたこの少女は、やがて裁判所の被後見人となって、イーヴィ・コーマックという新しい名を与えられ、いまは児童養護施設で過ごしている。イーヴィは攻撃的で社会性に欠けるが、非常に高い知性を持ち、〝他人の嘘を見抜く〟という特別な力を具えていた。ひと筋縄ではいかない狡猾な少女の対処に手を焼いた施設の職員から、サイラスはどうにかできないかと相談を持ちかけられる。

物語は、ジョディの殺害事件の捜査と、施設を出てサイラスと同居することになったイーヴィの人生のダイナミックな変化を二本の柱として進んでいく。逃げずに正面から堂々と向き合うサイラスによって、イーヴィが少しずつ心を開いていくのに対し、優等生と思われたジョディには意外な側面があったことが徐々に明らかになる。

どちらが〝よい少女〟で、どちらが〝悪い少女〟なのか。だれが天使で、だれが嘘つきなのか。登場人物のほとんどが見かけどおりではなく、二転三転していく巧緻なプロットのなかでも、大きな読みどころのひとつは、孤独なサイラスとイーヴィが互いの傷を癒すかのように心をかよわせていくいくつかの場面である。謎解きミステリとしての意外性に加えて、そのふたりの心理の微妙な揺らぎを描き出す細やかさが、この作品に圧倒的なリーダビリティと深みを与えている。

物語はサイラスとイーヴィを軸として、ふたりの一人称の語りが入れ替わりながら進んでいく。ロボサムのこれまでの作品はほぼすべてが現在形を基調とした文体で書かれ、語り手の内面に迫る生々しさや臨場感を際立った特徴としてきたが、この作品もその例外ではない。臨床心理士としてしっかり目や耳を働かせながら事実と向き合うサイラスと、他人からの承認を求めない大胆で向こう見ずな十代らしいイーヴィの語りがそれぞれに魅力的で、読む側を飽きさせることがない。

独創的な設定で読者の心を鷲づかみにするところも、ロボサムの作品のもうひとつの長所である。デビュー作『容疑者』（集英社文庫）の主人公ジョー・オローリンは、みずからが臨床心理士でありながらも、パーキンソン病に冒され、しかもある殺人事件の容疑者と見なされるという二重の苦境に同時に襲われる。『生か、死か』の主人公オーディ・パーマーは、刑期満了の前夜に刑務所から脱走するというだれもが驚く行動をいきなりとる。本作では、少女イーヴィの「どんなときでも他人の嘘を見破れる」という珍しい設定が、さまざまな場面で巧みに活用されている。

ロボサムはあるインタビューで、イーヴィを「おそらくこれまで書いてきたなかで最も刺激的なキャラクター」だと評している。イーヴィは〈ミレニアム〉シリーズのリスベットにも似て、自己破壊と自己嫌悪の傾向が強いが、聡明で芯の強い情熱的な少女として、強烈な魅力を発散している。嘘を見抜く能力については、人気テレビドラマシリーズ〈ライ・トゥ・ミー　嘘の瞬間〉の主人公のモデル、アメリカの心理学者ポール・エクマンの研究をロボサムは参考にしたと思われる。作中ではサイラスが〝真実の魔術師〟について論文を書いたことになっているが、これもエクマンの研究が土台であることはまちがいないだろう。

マイケル・ロボサムはオーストラリアのシドニー在住で、二〇〇四年に本格的な作家活動をはじめ、これまでに長篇小説十五作を発表している。多くはイギリスを舞台とした作品だ。第十三作 *The Other Wife* では、第一作『容疑者』以降つづけてきた臨床心理士ジョー・オローリンを主人公とするシリーズ（第五作 *Bombproof* 第十二作 *The Secrets She Keeps* を除く）がひとまず完結した（オローリンは『天使と嘘』にも少しだけ登場する）。

The Secrets She Keeps は二見文庫より刊行予定で、秘密をかかえながら生きるふたりの女性をめぐるサイコスリラーである。二〇二〇年にテレビドラマ化され、オーストラリア、アイルランド、イギリスで放映された。『天使と嘘』の主人公サイラスも脇役として登場する。

第十四作にあたる本作『天使と嘘』の続篇にあたるのが第十五作 *When She Was Good* で、こちらも近日中にハヤカワ・ミステリ文庫から翻訳刊行される。舞台は同じノッティンガムで、ある日、元刑事の男が死体で発見され、男が残した資料のなかに〝エンジェル・フェイス"と書かれたメモが見つかる。サイラスが独自に調査をはじめたところ、予想もしなかった大きな陰謀がしだいに目の前に浮かびあがる。イーヴィの秘められた過去の謎も明らかになるこの続篇も、どうか楽しみにしていただきたい。

〈これまでの長篇作品〉

The Suspect（2004）『容疑者』（上下、集英社文庫、越前敏弥訳）
Lost（2005）（のちに *The Drowning Man* と改題）
The Night Ferry（2007）
Shatter（2008）
Bombproof（2008）
Bleed For Me（2010）
The Wreckage（2011）
Say You're Sorry（2012）
Watching You（2013）
Life or Death（2014）『生か、死か』（上下、ハヤカワ・ミステリ文庫、越前敏弥訳）
Close Your Eyes（2015）

The Secrets She Keeps（2017）二見文庫から二〇二一年刊行予定（田辺千幸訳）
The Other Wife（2018）
Good Girl, Bad Girl（2019）　本作
When She Was Good（2020）ハヤカワ・ミステリ文庫から近日刊行予定（越前敏弥訳）
When You Are Mine（2021）

二〇二一年五月

解説

ミステリ評論家
吉野仁

これは、強烈な個性をもつふたりの男女が出会うことで生まれた濃密なドラマが味わえるミステリだ。ひとりは心理学の専門家であり、もうひとりは相手の嘘を読むことができる異能者である。それぞれ凄絶な過去を負っており、お互い自分の内をなかなか明かさないため、ふたりのあいだで心理戦が繰りひろげられるのは必至のことだ。全篇にわたり異様な迫力や緊迫感が漂っているのも当然である。

物語は、ノッティンガムにある児童養護施設、ラングフォード・ホールへ臨床心理士サイラス・ヘイヴンが訪れた場面から幕を開ける。そこは問題を抱えた子供たちが集まっていた。だが、サイラスの目的は、ひとりの少女にあった。その名はイーヴィ・コーマック。彼女は多くの問題を抱えていた。じつはその名前は本名ではなく、たしかな年齢すらもわからない。六年前にロンドン北部で、ある民家の賃借人が異常な方法で殺されていた。すでに腐った肉のかたまりと化していたのだ。ところがその六週間後に、その家の二階寝室の隠し部屋からひとりの少女が発見された。看護師たちは保護された彼女を〝天使の顔（エンジェル・フェイス）〟と名づけた。警察はあらゆる手をつかって身元をつきとめようとしたが果たせなかった。しかたなくイーヴィという仮の名前が与えられた。しかも驚くべきことに彼女は五百人にひとりくらいの割合で存在する〝真実の魔術師〟だった。人の嘘がわかるのだ。

そんなとき、サイラスのもとに、むかしからの顔なじみのパーヴェル警部から別の事件への協力が要請された。行方不明となっていた十五歳の少女が死体で発見されたのだ。

まずは臨床心理士と嘘を見抜く能力をもつ反抗的な少女の関係が語られ、その一方で、殺害された少女の事件の捜査模様が展開していく。

人の嘘がわかる能力を主人公にしたミステリは、けっして目新しいものではない。多くの人が即座に思い浮かべるのは、キャサリン・ダンスだろう。ジェフリー・ディーヴァー〈リンカーン・ライム〉シリーズ第七作『ウォッチメーカー』（原書は二〇〇六年発表）で初登場したカリフォルニア州捜査局捜査官だ。通称〝人間嘘発見器〟。彼女は容疑者らに対して、わずかな身体や表情の動き、言葉づかいなどを行動心理学の手法で分析し、相手の嘘や心理を読み取ってみせる。その後、ディーヴァーはキャサリン・ダンスを主人公にすえた『スリーピング・ドール』を発表し、これまでシリーズ四作が刊行されている。

もっとも長年の海外ミステリ読者であれば、この〝人間嘘発見器〟と異名をもつ刑事が過去にいたことを知っているはずだ。デイヴィッド・マーティン『嘘、そして沈黙』（原書は一九九〇年発表）に登場したテディ・キャメル巡査部長である。彼もまた〝人間嘘発見器〟と渾名された尋問の名手だった。そのほか、日本の作家では、佐藤青南が『サイレント・ヴォイス　行動心理捜査官・楯岡絵麻』（二〇一二年発表）にはじまる〈行動心理捜査官・楯岡絵麻〉シリーズを現在まで九作発表している。やはり相手のしぐさや行動から嘘を見破る女性刑事を主人公にしたミステリなのだ。

だが、これらの作品は捜査側の警察官にその能力を与えているのに対し、『天使と嘘』では、正体不明の少女が並外れた天然の〝人間嘘発見器〟として登場する。しかも彼女は猟奇的な殺人事件の生き残りであり、多くの秘密を抱えている。自分の正体を隠し、反抗的な少女イーヴィに対し、周囲の大人たちは手を焼き、困り果てている。まず、この設定がきわめて斬新で効果をあげている。

イーヴィの物語を読みながら、ふと連想したのは、筒井康隆『家族八景』（一九七二年発表）に登場した火田七瀬だった。高校卒業後、さまざまな家で住みこみの家政婦として働く七瀬は、人の心を読む超能力者（テレパス）であり、そのため家族の秘密や謎を覗くことになる。いやおうなしに人間の醜悪な姿や負の面を見てしまうのだ。イーヴィはSFに登場する超能力者のように心のつぶやきが聞こえるわけではないが、どんな嘘も見破ることができるため、それにともないさんざん嫌な思いをしてきたに違いない。他人の嘘や下心や邪悪さや醜さに嫌気がさすばかりだっただろう。加えて、身寄りのない未成年として施設に入れられている立場なのだから、他人に対して自分を守ろうと、突きはなした態度をとるのも当然のことである。

そこへ現れたのが、人間心理の専門家であり、彼自身も身内がからむ異常な事件の生き残りである男、サイラス・ヘイヴンだ。ふたりは、一種の鏡像関係といえるだろう。サイラスは、ある場面でイーヴィについて次のように述べている。「これほど徹底したニヒリストにはお目にかかったことがない。まるで、何もかも否定しようとする自己嫌悪にまみれて育った新しい人種で、かつて具えていたであろう自愛の心もそのせいで壊滅させられたかのようだ。（中略）彼女のあらゆる強さ、あらゆる知的能力が、世界を憎まなくてはならないと自分自身に告げている。世界に破壊される前に、自分が世界を粉々に打ち砕かなくてはならない、と」。これは物語の後半で語られた言葉だが、すでに冒頭からその片鱗を読み取れるものだ。はたしてサイラスはどのようにしてイーヴィの冷めきった心をあたためていくのか。どこまでもふたりの運命を追わずにはおれなくなる。

もともとマイケル・ロボサムのデビュー作『容疑者』はロンドンで臨床心理士をつとめるジョー・オローリンが主人公だった。以後、第二作と第三作をのぞき、十作目にあたる単独作『生か死か』を発表するまでは、ジョー・オローリンを主役にすえ、その活躍を書いてきたのだ。とうぜん心理学に関する著作や文献を読み込んだに違いない。訳者あとがきで指摘されているとおり、心理学者ポール・エクマンの仕事などを参考にしているらしい。興味のある方は、邦訳のある『顔は口ほどに嘘をつく』（河出文庫）などをお読みいただきたい。あるインタビューでマイケル・ロボサムは、エクマンの著書をすべて読み、嘘の心理を研究したといい、次のように語っていた。「進化心理学者の中には、嘘をつくことは人間のＤＮＡに組み込まれていて、嘘をつくのがうまい人ほど成功すると信じている人もいるほど、秘密を守ることは人間の基本的な要素なのです」。人が嘘をつき、秘密をまもろうとする行為は、作者にとってもっとも関心のあるテーマのひとつなのかもしれない。

とはいえ、こうした特殊なキャラクター設定をつくりあげ、人間心理に迫るだけで、小説が傑作となるわけではない。

作者は、多くのインタビューや創作に関するエッセイで、小説家になる前に、ジャーナリズムやゴーストライターの仕事をしていたことが役にたったと語っている。ジャーナリスト時代に、大統領、首相、連続殺人犯、警察官などへインタビューをし、世界中を旅して集めた資料が小説のネタになったというのだ。また、俳優のリッキー・トムリンソン、歌手のルル、女性アイドルグループ〈スパイス・ガールズ〉のひとりジェリ・ハリウェルといった芸能人のほか、政治家、兵士、冒険家など、十五作もの自伝のゴーストライターだったという。そのうち十二作がサンデー・タイムズ紙のベストセラーになったそうだ。もちろん本のカヴァーにその名前は書かれない。せいぜい謝辞に名前が登場するくらいだ。実際、ロボサムがゴーストをつとめたなかで邦訳のある一作、マーガレット・ハンフリーズ『からのゆりかご　大英帝国の迷い子たち』（日本図書刊行会）を見ると、冒頭の謝辞のなかに「執筆を助けて下さったマイケル・ロボサム」と書かれている。

自伝のゴーストライターといえば、すなわち有名人の人生をまとめ、本人自身が語っているかのような文章に仕上げる仕事である。ときに大物政治家として、ときに人気女性歌手として、自分を捨て、相手になりきり、文章をつづっていくのだろう。おそらく小説を書く場合も、登場人物になりきるよう心がけているのではないだろうか。また、自身の創作ルールを明かした文章のなかで「キャラクターはそれぞれ自分の声を持つべきである」というように記していた。また、ロボサムには三人の娘がおり、彼女らの言葉をそのまま作中に登場する若い少女の台詞として生かすこともあるそうだ。こうした積み重ねにより、作者は、しっかりと血のかよった人物を描きあげ、感情の動きや会話の流れなど不自然に感じさせないドラマを仕立てあげているのだ。『天使と嘘』では、もうひとつの主軸となるストーリー、スケート選手の少女殺害事件の捜査模様に、このサイラスとイーヴィをめぐる関係が見事に絡んでいく。物語の構築力、サスペンスを高める展開力も申し分ないのだ。本作が、二度目の英国推理作家協会賞ゴールド・ダガーを受賞したのは伊達ではない。

さて、気になるのは、続篇 *When She Was Good* である。『天使と嘘』では謎につつまれたままだったイーヴィの過去が明らかになるというのだから、これはもう期待せずにはおれない。そのまえに、もし本作ではじめてマイケル・ロボサムを知り、気に入った読者は、ぜひ最初のゴールド・ダガー受賞作である『生か死か』をお読みいただきたい。世界最高峰といえる賞を授かった作品の凄みをふたたび堪能できるだろう。

二〇二一年五月

訳者略歴　1961年生，東京大学文学部国文科卒，翻訳家　訳書『生か、死か』ロボサム，『氷の闇を越えて〔新版〕』『解錠師』ハミルトン，『九尾の猫〔新訳版〕』『十日間の不思議〔新訳版〕』クイーン（以上早川書房刊）他多数

HM=Hayakawa Mystery
SF=Science Fiction
JA=Japanese Author
NV=Novel
NF=Nonfiction
FT=Fantasy

天使(てんし)と嘘(うそ)

〔下〕

〈HM㊽-4〉

二〇二一年六月二十五日　発行
二〇二一年八月二十五日　二刷

（定価はカバーに表示してあります）

著　者　マイケル・ロボサム
訳　者　越前敏弥(えちぜんとしや)
発行者　早川　浩
発行所　株式会社　早川書房

郵便番号　一〇一 - 〇〇四六
東京都千代田区神田多町二ノ二
電話　〇三 - 三二五二 - 三一一一
振替　〇〇一六〇 - 三 - 四七七九九
https://www.hayakawa-online.co.jp

乱丁・落丁本は小社制作部宛お送り下さい。
送料小社負担にてお取りかえいたします。

印刷・星野精版印刷株式会社　製本・株式会社明光社
Printed and bound in Japan
ISBN978-4-15-183254-3 C0197

本書は活字が大きく読みやすい〈トールサイズ〉です。